WÖRTERBUCH
EINER VERLORENEN WELT

Alba Arikha

WÖRTERBUCH EINER VERLORENEN WELT

Aus dem Englischen von
Friederike Meltendorf

BERLIN VERLAG

Eine Kursivierung in diesem Buch weist darauf hin, dass die entsprechenden Abschnitte auch im englischsprachigen Original auf Deutsch geschrieben wurden.

MIX
Papier aus verantwortungsvollen Quellen
FSC® C083411
FSC
www.fsc.org

Die Originalausgabe erschien erstmals 2011 unter dem Titel
Major/Minor bei Quartet Books Limited,
A member of the Namara Group, London

Umschlaggestaltung: ZERO Werbeagentur, München
Typografie: Birgit Thiel, Berlin
Gesetzt aus der Dante von Fagott, Ffm
Druck und Bindung: CPI books GmbH, Leck
Printed in Germany
ISBN 978-3-8270-1102-2

www.berlinverlag.de

Meinen Kindern Ascanio und Arianna
In Erinnerung an meinen Vater,
Avigdor Arikha

1929 – 2010

Wie lang liegt der Tag zurück
wenn ich ihn endlich betrachte
nach der Zeit, die es brauchte
um noch darin zu sein.

W. S. Merwin

I

I

Pepi lebt außerhalb von Jerusalem. In der Straße, die zu ihrem Haus hinaufführt, riecht es nach Lavendel und Pinien, vermischt mit dem Dünger aus den nahe gelegenen Bergen.

Sie erwartet uns an der Tür, eine kleine Person in gepunktetem Kleid. Ihr weißes lockiges Haar ist weich wie Baumwolle, ihre karamellfarbene Haut hat die Wärme von Honig und Sonnenschein. Sie umarmt meinen Vater auf Deutsch, küsst meine Mutter auf Hebräisch, drückt meine Schwester und mich an ihre Brust. Als sie ihren Griff lockert, schauen uns ihre weichen braunen Augen aufmerksam an.

Schöne Mädchen seid ihr, sagt sie uns.

Pepi spricht mit uns Französisch, das hat sie als junges Mädchen in der Schule gelernt. Sie rollt das R mit einem sanften Knacken der Zunge, und viele ihrer Sätze sind grammatisch falsch. Aber das ist uns egal.

Libe Kinder. Schöne Mädchen, wiederholt sie wehmütig.

Schön? Nein. Wir sind beide nicht schön. Meine Schwester versteckt sich hinter einer Mähne wilder Locken und einer dicken Brille. Ich laufe aufrecht und steif wie eine Marionette an Fäden. Ein Metallstab läuft meinen Rücken hinab, ein Baumwolltuch verbirgt die plumpe rosafarbene Vorrichtung, die unter meinem Kinn ansetzt und über meinen Hüften endet, vor der Außenwelt. Wenn wir dieses Korsett ent-

fernen, wirst du aussehen wie eine Ballerina, hatte der Arzt gesagt.
Wie eine Ballerina.
Alles, aber nicht wie eine Ballerina.
Pepis Augen füllen sich mit Tränen, wie jedes Mal, wenn sie uns sieht. Unbezähmbare Tränen, die mich ärgern.
Warum heult sie immer?, frage ich meinen Vater.
Weil sie unsere Existenz als ein Wunder empfindet.
Warum?
Ich habe es dir schon erzählt. Während des Krieges waren wir dem Tode geweiht, nicht dem Leben.

Mit diesem Konzept kann ich nichts anfangen. Das Leben hat kaum begonnen, es ist zu früh, als dass der Tod auch nur auf der Bildfläche erscheinen darf. Meine Schwester ist neun. Ich bin zwölf. Bald werde ich eine Frau sein. Ich habe aufkeimende Aknepickel, die das beweisen. Ich werde schön und beliebt sein, und das Leben gut zu mir.

Das Leben war nicht immer gut zu meinem Vater, oder zu seiner Mutter, aber jetzt ist es das. Man muss weitergehen, sagt mein Vater. Nicht in der Vergangenheit verharren.
Nur seine nächtlichen Schreie erinnern daran, wie es war: *Raus, Jude! Achtung!* Wir hören ihn oft im Schlaf schreien. Nazi-Flashbacks, wie meine Mutter erklärt.

Die Kraft des Unbewussten meines Vaters ist erschreckend. Als dürfte er nicht vergessen. Ich weiß von den Nazis, von

Flashbacks. Ich weiß, wie peinlich es meinem Vater wäre, wenn er wüsste, dass wir ihn hören.

Mir graut vor meinem eigenen Unbewussten. Ich kann mir nichts Schlimmeres vorstellen als die Offenbarung meiner Geheimnisse.

Wenn ich meine Großmutter weinen sehe, schaudert mir. Dasselbe gilt für meine Eltern. Ein Gedicht, ein Musikstück, ein Zitat genügen, um in ihnen eine Gefühlslawine loszutreten, die ich abstoßend finde. Wie können Menschen Gefühle aus ihrem System purzeln lassen wie nasse Wäsche aus der Wäschetrommel? Wo sind ihre Grenzen? Ich weiß von Grenzen. Ich habe darüber in Büchern gelesen. Russische Geschichten von verwegenen Soldaten und errötenden Hausmädchen. Französische Klassiker, wo Verlegenheit über Schamlosigkeit siegt. Wenn freche Kinder Grenzen überschreiten, werden sie bestraft, wieder und wieder. Ich werde zurechtgewiesen, aber nie bestraft. Egal. Ich bin hart wie Stahl, wie der Metallstab, der meine Wirbelsäule in Position hält.

Meine Schwester Noga hat Haut wie Joghurt. Dicker, weißer, cremiger Joghurt. Sie trägt, wie auch ich, eine Brille mit Gläsern, die unsere Augen aufblähen, ein Gerät, das besser zu alten Leuten passt als zu jungen Mädchen wie uns. Aber unsere Sicht benötigt Korrektur. Es geht dabei nicht darum, wie wir aussehen, sagt mein Vater, sondern wie wir sehen. Wie uns die Welt sieht, spielt keine Rolle.

Es sollte einem egal sein, was die Leute denken, wird uns gesagt, wieder und wieder. Hört bloß nie auf jemanden außer auf euch selbst.

Ich höre auf mich selbst, aber auch auf meinen Vater. Genau wie meine Großmutter. Ich sehe, wie ihr Gesicht jedes Mal leuchtet, wenn sie ihn ansieht und seinen Worten lauscht. Vigo, seufzt sie. *Lieber Vigo*, wiederholt sie und streift sich gelegentlich mit der Hand durchs lockige Haar. Ihre gepflegten Fingernägel sind dunkelrot lackiert.

Warum sagt sie das immer?, fragt Noga. Warum wiederholt sie ständig deinen Namen?
Was erwartest du nach vierzehn Jahren der Trennung?, antwortet mein Vater.
Vierzehn Jahre der Trennung.

Meine Mutter bittet uns, Pepi ins Haus zu folgen. Deren Mann, Jean, starrt uns müde an. Dicke Falten bedecken sein Gesicht wie Zweige, und seine Hände zittern unentwegt. Er zeigt mit seinem schlotternden Finger auf einen Teller mit Keksen. Mögt ihr?
Meine Schwester zuckt mit den Schultern. Pepi geht zu Jean und rügt ihn auf Deutsch. Er schüttelt langsam den Kopf wie ein müder Hund.
Pepi verschwindet in der Küche, während sich meine Mutter mit Jean unterhält. Ihre Stimme klingt wie ein Schnurren, und er hört ihr mit einem breiten Lächeln zu. Mein Vater läuft jetzt nervös durch das Zimmer. Pepi kommt

aus der Küche zurück und präsentiert triumphierend einen Kuchen. Wir setzen uns um einen Tisch in ihrem kleinen Garten, während sie behutsam Stücke abschneidet, als würde sie unsere Wangen streicheln. Esst, *meine Kinder*, esst.

Wir sprechen über meine Tante, Elena, die mit ihrem Mann und zwei Kindern in Jerusalem lebt. Elena geht es nicht gut, und Pepi macht sich Sorgen um sie. Um ihre Kinder, meinen Cousin und meine Cousine, die ich kaum kenne. Mein Vater hat etwas gegen sie. Gegen Elenas Mann. Gegen Elena. Sie mag sein Leben während des Krieges gerettet haben, aber danach hat sie es fast zerstört.
Muss ich dich daran erinnern, dass sie meine Zeichnungen verkauft hat, ohne es mir zu sagen? Dass nichts mehr da war, als ich nach meinen Jahren in Paris zurückkam, um sie zu holen? NICHTS! Meine gesamten Zeichnungen waren weg. Alle. Und das gesamte Geld natürlich ausgegeben.
Pepis Augen füllen sich wieder mit Tränen. Sie weiß, Vigolein, sie weiß, dass sie einen Fehler gemacht hat. Aber das ist fünfunddreißig Jahre her. Du musst ihr verzeihen. Sie ist krank. Sie hat Diabetes. Sie ist unglücklich.
Unglücklich? Ich frage mich, warum.
Und was hat sie mit deinem Schmuck gemacht? Mit deinem schönen Perlengeschmeide? Hat sie das nicht auch verkauft, hinter deinem Rücken? Na?
Hör auf, rügt ihn meine Mutter, hör sofort damit auf.

Ich spüre, wie sich Schweißtropfen auf meinem Rücken sammeln wie ein Ameisennest. Meine Schwester rückt ihre

Brille zurecht, legt die Hände auf die Knie und schaut nach unten.
Die brennende israelische Sonne, die tagsüber kein Halten kennt, beginnt unterzugehen. Bald ist es stockduster. Sonnenuntergänge trödeln hier nicht. Es wird schnell Nacht.
Eine Tür schlägt zu ins Dunkel, schwarz wie Kohle.

2

Madame Balançoire trägt jedes Mal, wenn ich sie im Parc du Champ de Mars sehe, dasselbe blauweiße Kleid.
Sie ist die Königin der Schaukeln. Sie sitzt an ihrer Kasse, ihr Haar ist zu einem strengen Knoten gebunden. Gelegentlich lösen sich einzelne Strähnen, besonders zum Ende des Tages.
Wenn Erwachsene müde werden, scheinen sie zu zerknittern; irgendwas geschieht mit ihren Gesichtszügen. Mit ihrem Verhalten. Mit dem Klang ihrer Stimme.

Die Schaukeldame arbeitet hart, sagt mein Vater.
Ihre Arbeit ist mein Himmel.

Die Königin verteilt rosa Fahrscheine an gut betuchte Mütter und fügsame Kinder.
Rosa Fahrscheine in die Wolken.
Sie lächelt viel und kennt uns alle. *Bonjour, ma puce. Ça va, mon ange? Oh, mais quelle jolie robe …*

Ich bin gerade sieben geworden. Zu meinem Geburtstag hat meine Mutter fünfzehn Kinder in unsere Wohnung eingeladen. Wir werden amerikanische Spiele spielen, verkündet sie.
Wir spielen Eselschwanz, Reise nach Jerusalem und Blinde Kuh. Wir quietschen vor Freude und vertilgen Sandwichs, Eis und selbstgebackenen Schokoladenkuchen. Ein Geheimrezept, höre ich zufällig meine Mutter zu einer anderen Mutter sagen, die in der Ecke sitzt und mit wachsamem Auge ihr Kind beobachtet.
(Ich mag Geheimnisse.)
Wir singen französische und englische Lieder. Als alle Kinder weg sind, mache ich die Geschenke auf.
Alles meins.
Nichts teilen.

Die Königin der Schaukeln führt meinen Vater und mich zu einer der grünen, rostigen Schaukeln. Sie hilft mir hinauf, greift nach meiner Hand. *Pousse tire, pousse tire*, sagt sie und gibt der Schaukel einen kräftigen Schubs.
Ich lehne meinen Kopf zurück, fliege hoch in die Platanen, ihre Blätter rascheln im Wind.
In den grauen Himmel und die weißen Wolken, weich wie Zuckerwatte.
Unter mir höre ich kreischende Kinder. Einen laut lachenden Mann. Die Straße hinunterrasende Autos. Ein Flugzeug in der Ferne.
Hier oben ist die Welt still. Ich schließe die Augen und gleite dahin wie ein Vogel.

Ich vergesse Ort und Zeit.

Alba! Alba! Nicht zu hoch! Sonst fällst du runter!

Ich öffne meine Augen und bremse ab.
Ich falle nicht!, rufe ich laut. Ich halte mich fest.
Es reicht! Wir müssen nach Hause.
Noch einmal, Abba, bitte!
Nein. Du warst lange genug auf der Schaukel.
Bitte!

Noch einmal das sensationelle, schaukelnde, erhebende, betörende Gefühl von Freiheit. Von reiner Freude.

Es reicht!, wiederholt mein Vater streng.

Doch ich steige trotzdem auf. Höher und höher.
Und dann zurück nach unten.
Langsam, bis ich wieder festen Boden unter den Füßen habe.
Warum hast du nicht auf mich gehört? Mein Vater zieht die Brauen zusammen, wie immer, wenn er mich zurechtweist.
Aber es hat solchen Spaß gemacht …
Er seufzt, laut. Na gut, na gut.

Auf Wiedersehen, Königin der Schaukeln.

Wir laufen zur Bushaltestelle, vorbei an der École Militaire

und der Avenue de Tourville, wo wir früher gewohnt haben. Mein Vater hält mich an der Hand, seine warme hornige Haut an meiner.
Die Bells kommen zum Abendessen, sagt er.
Ob sie mir etwas mitbringen?, frage ich mich. Das tun sie oft.
Die Bells haben ein Landhaus in Saint-Paul de Vence. Wir haben sie dort mal im Sommer besucht. Der Garten roch nach Pinien und Rosen. Vor den Schlafzimmerfenstern waren blaue Läden, die nachts knarrten. Noga hatte Angst; ich nicht.

Paul Bell ist Engländer. Er macht Kunstbücher und hat eine dröhnende Stimme. Er ist groß und trägt eine dicke Brille, unter der seine Nase schweißig wird. Seine Frau Sylvie hat glattes blondes Haar und Sommersprossen. Wenn sie lacht, sieht man ihr Zahnfleisch. Es sieht rot aus, wie Erdbeeren. Wenn sie trinkt, nimmt Sylvie kleine Schlucke und behält die Flüssigkeit kurz im Mund, bevor sie sie hinunterschluckt. Vielleicht hat das etwas mit ihrem Zahnfleisch zu tun.

3

Manchmal wenn ich nachts nicht schlafen kann, legt mein Vater seine Hand auf meinen Rücken.
Es ist eine beruhigende Hand, voll Wärme und Bestärkung. Sschh, sschh, sagt er. Schließe deine Augen und leere deinen Kopf.

Es ist zu schwer, ihn leer zu machen, sage ich.
Dann singe ich dir ein Lied. Eins, das meine Mutter mir vorgesungen hat. Er brummt auf Deutsch.
Eine alte Hexe um die Ecke.
Eine alte Hexe um die Ecke.
Dann noch diesen Reim:
Eins, zwei – Polizei drei, vier – Offizier fünf, sechs – alte Hex sieben, acht – gute Nacht neun, zehn – auf Wiedersehn –

Seine Worte schwingen hin und her wie eine Wiege. Er singt nicht, sondern raunt, seine Zunge klackt gegen seinen Gaumen wie die fernen Klänge seiner Kindheit gegen meine.

Wenn er aus dem Zimmer gegangen ist, spüre ich immer noch die Wärme seiner Hand auf meiner Haut.

4

Zu Hause lässt uns Kathleen ein Bad ein.
Kathleen ist unser Au-pair-Mädchen aus Texas. Sie ist eine hochgewachsene Brünette, die jeden Tag ihr Haar mit einem amerikanischen Shampoo wäscht. Sie duftet immer sauber und ihre Zähne sind sehr weiß.
Das kommt daher, weil sie als Kind viel Milch getrunken hat, sagt meine Mutter.
Kathleens Lachen ist warm und ansteckend, genau wie ihr südstaatliches Näseln. Sie hat immer gute Laune, selbst

wenn mein Vater brüllt; sie hat keine Angst vor ihm, weil sie ihn versteht. Sie hat bei einem berühmten französischen Schauspieler gearbeitet, bevor sie zu uns gezogen ist. Der war auch schwierig.

Kathleen erzählt uns oft Geschichten über ihre Heimatstadt und ihren Freund, Doug.
Sie hat ein Foto von Doug in ihrem Portemonnaie. Er hat dunkles Haar, Knopfaugen und einen Schnurrbart. Ich finde ihn nicht attraktiv.
Doug und ich werden irgendwann heiraten, sagt Kathleen mit einem breiten Lächeln im Gesicht.
Ich finde, er sieht aus wie ein Feuerwehrmann, sage ich zu ihr.
Kathleens Lächeln ist verschwunden.
Er ist kein Feuerwehrmann, er ist Versicherungskaufmann, sagt sie.
Ich mag Feuerwehrmänner. Sie retten Menschen.
Nun, auf seine Art rettet Doug auch Menschen, antwortet sie. Sie erklärt, was eine Versicherung ist. Sie spricht von Deals und Versicherungsschutz. Von Leistungen und Risiko.

Soweit ich das einschätzen kann, ist Doug für Kathleen das einzige Risiko.
Doch diesmal sage ich ihr nicht, was ich denke.

Kathleen lernt an der Le-Cordon-Bleu-Schule kochen und

übt zu Hause: Ihr seid meine Versuchskaninchen, sagt sie. Also sind wir es.
Sie kocht uns provenzalische Gerichte. Feine Gerichte. Einfache Bauernkost, die wir beherzt essen.
Eines Abends, als wir ein gebratenes Hähnchen vertilgen, bekommt Kathleen einen Anruf von Doug.
Als sie zurück an den Küchentisch kommt, strahlt sie. Doug hat mich gerade gefragt, ob ich ihn heirate, sagt sie. Und ich habe ja gesagt. Ich fliege in zwei Wochen zurück nach Texas. Es tut mir wirklich leid, sagt sie, als sie unsere geknickten Blicke sieht.
Wir werden dich vermissen, aber ich verstehe dich. Herzlichen Glückwunsch, sagt meine Mutter und umarmt sie. Ich wünsche dir, dass du mit deinem Verlobten glücklich wirst.

Am Tag ihrer Abfahrt küsst und umarmt uns Kathleen liebevoll. Ich werde euch schreiben und ihr müsst mir versprechen zurückzuschreiben.
Wir nicken unisono. Wir möchten beide am liebsten weinen, unterdrücken aber unsere Tränen.
Kathleen war eine wohltuende Erscheinung im Haus, mein Vater war weniger wütend, wenn sie da war. Was wird jetzt passieren?

Es passiert nicht viel, merken wir. Das Leben geht weiter, wie es war, minus Kathleen. Ihr Bild in unseren Köpfen wird unschärfer, aber nicht ihr Duft: Die Shampoo-Flasche, die sie hiergelassen hat, ist eine ständige Erinnerung daran, dass sie da war. Monatelang bleibt die Flasche unangerührt

auf dem Badewannenrand stehen, bis meine Mutter sich eines Morgens die Haare damit wäscht.
Um die Erinnerung an sie lebendig zu halten, trinke ich nach Kathleens Abreise mehr Milch. Doch meine Zähne werden niemals so aussehen wie ihre.

5

Der Louvre. Ich bin neun Jahre alt, meine Schwester ist sechs. Mein Vater hält uns an der Hand, während wir über das glänzende Parkett schlittern. Halt!
La Infanta Margarita. Eine rosa Schleife im Haar, ein schwarzweißes Kleid, ihre fünf Jahre alten Augen starren uns von der Leinwand an.
Nochmal halt!
Mademoiselle Rivière. Ein schönes junges Mädchen, das Ingres gemalt hat, als es fünfzehn war, ein Jahr, bevor es starb. Ihr glattes seidig braunes Haar ist zurückgekämmt, so dass ihr langer Hals und ihre geröteten Wangen, vollen Lippen und die Porzellanhaut deutlich zu sehen sind. Sie trägt ein weißes Kleid und eine gewundene weiße Boa auf ihren behandschuhten Armen.
Dass sie für ihr Alter sehr reif wirkt, hat etwas Eindrucksvolles. Sie hätte eine verheiratete Frau sein können. Eine Geliebte. Eine Mutter. Oder vielleicht meine Freundin.

Die Landschaft im Hintergrund ist später gemalt worden, erklärt mein Vater.

Tatsächlich. Sie hat etwas Oberflächliches, als wäre das pittoreske Panorama hinzugefügt worden, um vom tragischen Dahinscheiden des jungen Modells zu abzulenken.
In jener Zeit starben viele Menschen früh, wurde mir gesagt. Was wäre, wenn ich früh stürbe? Wie viele Menschen würden um mich trauern?

Das letzte Bild.
La Marquesa de la Solana von Goya. Meine Schwester und ich sind von ihr eingeschüchtert. Ihr tiefschwarzes Kleid, ihre hochgewachsene Figur, ihre strengen Augen.
Aber dann sind da ihre Schuhe. Edle kleine Pumps unter dem schweren, imposanten schwarzen Taftkleid.
Ihre kleinen Füße sind ihr kleines Geheimnis.
Wir kennen sie, sage ich.
Meine Schwester stimmt mir zu. Das ist Dina.
Mein Vater lacht.
Genug. Wir haben genug gesehen.
Nie mehr als drei oder vier Bilder am Tag.

Dina ist eine wohlhabende Mäzenin meines Vaters. Sie hat die Wohnung gekauft, in der wir wohnen und die ursprünglich ein anderer Mäzen meines Vaters erworben hatte. Die Wohnung gehört zu einem Familienversorgungsfonds, und jeder Besuch von *le baron et la baronne*, die von ihrem treuen Chauffeur in einem schwarzen Mercedes abgesetzt werden, geht mit gründlicher Putzarie und Herumgewirbel in den Räumen einher.

Grundsätzlich weiß ich es. Dass mein Vater ein großes Talent hat, mit dem er nicht all unsere Rechnungen bezahlen kann. Also eilen wohlhabende Menschen, die an ihn glauben, zu unserer Rettung herbei.
Das ist okay. Talent ist selten, Geld ist weit verbreitet.

Dina ist hochgewachsen und sehr dünn. Mit Pferdenüstern und tadellos frisiertem Haar.
Sie wohnt in einem *hôtel particulier* im 16. Arrondissement mit einem Garten, der so groß ist wie der Park in unserem Stadtteil. Sie, die Tochter eines kanadischen Großindustriellen, heiratete einen französischen Baron, der viel lächelt und wenig Wesentliches sagt.
Das Paar lebt mit zwei Söhnen in reinstem Luxus und ist umgeben von einem Geschwader von Bediensteten, die ihnen rund um die Uhr aufwarten. Mittags serviert man uns Essen auf feinstem Porzellan. Ein Diener in weißer Jacke mit goldenen Knöpfen und passenden weißen Handschuhen bleibt mit uns im Zimmer. Ich frage mich oft, ob er unseren Gesprächen lauscht und ob sie ihn überhaupt interessieren. Natürlich werde ich es nie erfahren. Er bleibt so unbeteiligt wie eine Wache am Buckingham Palast, keinerlei Gefühlsregung zeigt sich auf seinem beherrschten Gesicht.

Dina sammelt die Werke meines Vaters. Wegen ihres feinen Auges für die Kunst und ihres scharfen Verstandes wird sie in unserem Haus verehrt, obwohl ich sie furchterregend finde, genau wie meine Schwester. Vielleicht liegt das an ihrer hochmütigen Art. Oder vielleicht an der schlichten Tatsache, dass sie Teil einer Welt ist, die ich nicht verstehe.

6

In der Familie meiner Mutter gab es auch eine Dina. Savtas jüngere Schwester. Sie rauchte lange Zigaretten und hatte eine dunkle, kratzige Stimme wie die Schauspielerin Simone Signoret. Sie lebte allein in einer kleinen Wohnung in Jerusalem.

Etwas an Dina war anders. Sie war nicht religiös wie der Rest ihrer Familie. Sie war neugierig und umgeben von einer stillen Eleganz. Obwohl ich sie kaum kannte, erwähnte ich sie oft, wenn mich jemand fragte, ob ich Familie in Israel hätte. Meine Großtante Dina, die ist ziemlich cool, sagte ich dann beiläufig.

Und die Familie deines Vaters?

Außer meiner Großmutter kenne ich sie kaum.

Warum?

Er hat eine Schwester, mit der er sich nicht gut versteht, und er mag ihre Kinder nicht. Also sehen wir sie nie.

Aber du bist doch ihre Cousine!

Wir sehen sie nie.

Möchtest du sie nicht sehen?

Ich zucke mit den Schultern. Ich kann ihnen nicht sagen, dass mein Vater es uns nicht erlauben würde.

Ist mir eigentlich egal, murmele ich.

Und die Cousine, von der du mir erzählt hast?

Anna? Sie lebt in Brasilien.
Brasilien? Cool.
Ja. Aber ich kenne sie nicht. Obwohl ich gehört habe, dass sie vielleicht nach Paris zieht.
Du solltest sie kennenlernen.
Ja. Das werde ich.

II

I

Mein Vater und ich betreten Pepis Wohnzimmer und sie begrüßt uns überschwänglich.
Kommt rein! Kommt rein!, ruft sie. Sie umarmt mich und drückt mich fest an sich. Durch ihre Brille wirken ihre Augen kleiner. Wenn sie mich küsst, klebt ihre Gesichtscreme an meinen Wangen. Ihre Haut sieht weich und gebräunt aus.
Pepi hat einen Kuchen mit weißem fluffigem Guss gebacken. Er steht auf einem runden Holztisch in der Mitte des Zimmers. Rundherum hat sie sorgfältig weiße Servietten mit weißer Spitze und kleine Silbergabeln drapiert. Ich möchte gern mit meinem Finger in den Guss stippen und ihn ablecken.
Pepi schneidet uns ein Stück ab und legt es behutsam auf einen Porzellanteller. Ein altes Rezept aus Czernowitz, sagt sie zu meinem Vater. Erinnerst du dich?
Mein Vater schüttelt den Kopf. Vielleicht, ich weiß nicht, antwortet er. Manchmal wirkt er genervt von seiner Mutter, genau wie ich von meiner. Das gibt mir ein merkwürdig behagliches Gefühl, obwohl ich vermute, dass mein Vater den Witz daran nicht versteht.

Wir tragen unsere Teller zu einem abgewetzten Sofa. Pepi setzt sich etwas umständlich hin und klopft auf ein Kissen. Setz dich hierher, sagt sie.

Ich lehne mich auf ihrem Sofa zurück und schaue aus dem Fenster. Zwei gelbe Plastikstühle stehen auf ihrer Terrasse, daneben ein kleiner Tisch. Eine Grünpflanze schlängelt sich durch die Rahmen des französischen Fensters.
Das Telefon klingelt und Jean, in Bademantel und Pantoffeln, nimmt es langsam ab.
Hallo, sagt er träge.
Er wendet sich an Pepi. Frau Taubman ist dran, sagt er. Wegen der Creme.
Pepi denkt kurz nach. Sag ihr, ich rufe sie zurück, sagt sie.

Jean gibt die Nachricht mit monotoner Stimme weiter und legt auf. Dann schlurft er zu uns, lächelt scheu und rückt den Bademantelknoten zurecht.
Wie geht's, wie steht's?, fragt er meinen Vater.
Das würde ich gern von dir wissen, erwidert mein Vater.
Jean zuckt mit den Schultern. Alles beim Alten, murmelt er. Ich werd mich mal umziehen, fügt er hinzu und schlurft dann in seinen laut schlappenden Pantoffeln davon.
Ich picke an meinem Kuchen herum. Wie geht es dir?, fragt mich Pepi. Wie ist die Schule? Hast du viele Freundinnen?
Ich zucke mit den Schultern. Ein paar, hier und da.
Gehst du gern zur Schule?
Ja. Ist okay.

Es ist nicht okay. Ich möchte mehr Freunde und ich hasse die Schule.
Ich hasse auch diese Polyester-Rollkragenpullover, die meine Mutter mich im Winter anzuziehen zwingt.

Und die langen wallenden Kleider, die sie mir jeden Sommer kauft, die die fetten weißen Talghöcker in meinem Dekolleté enthüllen.
Und egal, wie doll ich versuche, den Mädchen in meiner Klasse nachzueifern, scheine ich immer einen Schritt hinterherzuhinken.

Obwohl ich gern würde, kann ich Pepi das nicht sagen; ich glaube, sie würde es nicht verstehen. Warum auch?
Ich denke an Isabelle, ein Mädchen aus meiner Klasse. Sie spricht oft von ihrer Großmutter, die ein großes Haus in der Dordogne und Schriftsteller und Künstler aus aller Welt zu Gast hat.
Sie ist toll, hat mir Isabelle einmal gesagt. Wir haben eine Menge Spaß zusammen. Sie ist voller Energie, sie schwimmt jeden Tag und abends trinkt sie gern ein Gläschen und spielt Scrabble.

Trinkt Pepi? Spielt sie Scrabble?
Wahrscheinlich nicht. Pepis Welt ist von der von Isabelles Großmutter Lichtjahre entfernt.
Was auch immer sie erlitten haben mag, Isabelles Großmutter hat ihren Schmerz überwunden oder tut zumindest der Welt gegenüber so. Pepi kann nie so tun, als ob.
Ihr Schmerz ist ein offenes Fenster, das nie ganz geschlossen wurde: Sie muss trauern, um zu spüren, dass sie lebt.
Die Kluft zwischen Pepi und mir ist unüberbrückbar. Wie doll ich es auch versuche, ich kann ihr nicht nahekommen.
Nur mein Vater kann zu ihr durchdringen.

Kann er es wirklich?

Ich stelle mir Pepi als junge Frau vor.
Hatte sie gern Gäste? Kannte sie berühmte Schriftsteller und Künstler? Kann sie überhaupt schwimmen?
Irgendwie stelle ich sie mir ziemlich steif vor. Eine wohlerzogene Bürgerstocher, die sich um Mann und Kinder kümmerte und sich irgendwo auf dem Weg selbst vergaß, bis sie nur noch sich selbst zum Kümmern hatte.

Warum sucht man vor alten Menschen die Wahrheit zu verbergen? Vermindert das Alter unsere Fähigkeit, Bedrückendes zu verkraften? Vielleicht sehe ich das alles falsch. Vielleicht bedeuten zerbrechliche Knochen nicht gleich zerbrechliche Herzen.
Wie gern würde ich mich mit Pepi hinsetzen und ihr meinen Kummer anvertrauen. Doch in ihrem Fall würde das bedeuten, ihrer Verletzlichkeit neuen Zündstoff zu geben.

Pepis Wohnzimmer riecht moderig, ein bisschen wie das Deutsch, das sie beide, sie und mein Vater, jetzt sprechen. Ich fühle mich außen vor, wenn sie miteinander reden. Warum können sie mich nicht einbeziehen? Ich bin zwölf Jahre alt. Alt genug, um an Gesprächen teilzunehmen.
Oder vielleicht reden sie ja über mich?
Pepi erwähnt David, ihren Enkel. Mein Vater grummelt und Pepi wirkt verärgert.

Sie schaut mich an. Dein Vater ist oft verärgert, sagt sie. Er war in dieser Hinsicht immer speziell.
Ich weiß nicht genau, warum verärgert zu sein so speziell ist, aber ich weiß, dass ich nach Hause möchte. Sie möchten eindeutig allein sein, die beiden.
Pepi streift mir mit ihren langen Fingernägeln durch die Locken und wickelt sie um ihre Finger. Was für wunderbares Haar du hast, sagt sie. Sie schaut meinen Vater an. Hätte Karl die Mädchen doch kennengelernt. Er wäre so stolz gewesen.
Ihre Augen füllen sich wieder mit Tränen. Ihre Pupillen wirken hinter den Gläsern ihres großen Brillengestells wässrig.
Mein Vater wirkt unangenehm berührt. *Hör auf zu weinen*, sagt er. Hör auf zu weinen.

Aber sie tut es nicht.

Pepi hat etwas Tragisches. Das Gewicht ihrer Geschichte sitzt unauslöschlich zwischen uns; ihre Gegenwart ist dermaßen verbunden mit ihrer Vergangenheit, dass jedes Wort unseres Geplänkels, egal wie leicht es ist, einen potenziellen Abgrund darstellt.

Ich stehe schnell auf und laufe durch Pepis Wohnzimmer. Ich streife die Gegenstände im Bücherregal mit einem flüchtigen Blick: ein Foto von mir und Noga als Kinder. Ein paar Bücher, die meisten davon auf Deutsch und Rumänisch.

Eine Kristallvase. Ein großes Foto von Tamar, Elenas Tochter, die ich kaum kenne. Sie ist so alt wie ich und lebt irgendwo außerhalb von Haifa. Sie hat dunkles Haar und traurige Augen. Letzten Sommer habe ich einen Nachmittag mit ihr verbracht. Ihr Englisch war stockend, ihr Lächeln scheu.
Sie ist ein nettes Mädchen, aber schau dir ihre Mutter an, bemerkte mein Vater, nachdem Elena uns nach Hause gefahren hatte.
Egal was, sie ist immer noch deine Schwester, erinnerte ihn meine Mutter.
Guck dir an, was aus ihr geworden ist, erwiderte mein Vater. Das Gegenteil von mir.

Ist Tamar das Gegenteil von mir? Und würde das eine Rolle spielen?
Ich nehme das Foto in die Hand und suche in ihrem Gesicht nach Hinweisen. Ich lasse es versehentlich fallen. Ein lautes Geräusch ertönt.
Was ist passiert?
Nichts, nichts, antworte ich schnell, hebe das Foto auf und stelle es zurück ins Regal.

Pepi steht auf und verschwindet im Schlafzimmer.
Warum gehen wir immer zu Pepi zu Besuch?, frage ich meinen Vater. Warum kommt sie nicht zu uns? Wir wohnen in einem hübschen Haus, Mishkenot Sha'ananim, ein privates Gästehaus für Künstler. Wir haben einen eigenen Garten, mit Blick auf das Jaffator und den Felsendom.

Pepi kann kommen, wann immer sie will, antwortet mein Vater. Aber sie kommt nicht.
Warum nicht?
Weil sie alt ist. Und müde. Warum sollte sie auch zu uns kommen wollen? Für mich ist es einfacher, zu ihr zu kommen.
Ich finde, du solltest sie und ein paar deiner Freunde zu uns einladen. Vielleicht findet sie das schön.
Sag mir nicht, was ich tun soll. Du bist ein Kind. Du weißt nichts vom Leben.
Ich bin kein Kind. Ich bin zwölf.
Mein Vater lacht spöttisch. Mit zwölf ist man ein Kind, sagt er.
Vielleicht, murmele ich. Nun, Kind oder nicht, ich hab einfach gedacht, Pepi könnte es schön finden, zur Abwechslung mal zu uns zu kommen.
Tut sie nicht.
Warum?
Mein Vater hält inne.
Weil ich es sage.

Laut meinem Vater können nur echte Erfolgsmenschen miteinander Kontakt pflegen. *Ils doivent avoir quelque chose en commun*. Sie müssen etwas gemein haben.
Und wie steht es um die Möglichkeit, dass ein disparater Mix aus Erfolgsmenschen und Normalsterblichen in einem Gespräch Gemeinsamkeiten findet?
Nein. Nein, unmöglich.
Menschen, die nur die Freundschaft zu meinen Eltern ge-

mein haben, werden gelegentlich zum Tee oder Abendessen eingeladen. Einzeln.
Keinerlei Mix.
Die Abendessen – immer eindrucksvoll, immer begleitet von einer guten Flasche Wein – werden von meiner Mutter sorgfältig vorbereitet.
Suppe – heiß oder kalt –, gefolgt von Huhn oder Fisch, serviert mit einem raffinierten Gemüsegratin und Wildreis. Eine große Käseplatte. Immer. Auf das Dessert – ein Fruchtsorbet oder selbstgebackener Kuchen – folgt gewöhnlich eine Tasse Kräutertee, *une petite tisane*, im Wohnzimmer. Zu dieser Zeit schlafen Noga und ich schon, obwohl ich manchmal durch ein lautes Lachen oder das Geklapper von Geschirr aus der Küche aufwache.

Pepi war noch nie in Paris.
Ich stelle mir vor, wie sie in der Nähe des Jardin du Luxembourg in ein Café geht. Sie setzt sich, bedacht, nicht ihren Rock zu zerknittern, und bestellt eine Tasse Tee.
Der Kellner kommt und stellt die Tasse und Untertasse mit ein bisschen Milch und Zucker vor sie hin.
Ich hatte keine Milch bestellt, protestiert sie verhalten.
Doch der Kellner hört sie nicht.
Also wickelt sie den Zucker aus, lässt die zwei Würfel in den heißen Tee gleiten und nippt vorsichtig. Ganz vorsichtig.
Während sie ein paar Mütter aus dem Park kommen sieht, mit ihren Kindern an der Hand, füllen sich ihre Augen wieder mit Tränen.
Einst war sie wie sie.

Sie trug Lippenstift und französisches Parfum. Sie lief mit ihren Kindern an der Hand und kochte ihnen zu Hause etwas Besonderes.
Sie hatte hübsche Kleider und wenig Ehrgeiz, aber das machte nichts. Im Leben ging es nicht um Ehrgeiz, sondern um Zufriedenheit. Und davon hatte sie genug.
Pepi nimmt eine Puderdose aus ihrer Handtasche und betrachtet prüfend ihr Gesicht. Sie legt ein wenig Puder auf Wangen und Kinn, einen Hauch Lippenstift auf die Lippen.
Na also. Viel besser.
Dann steht sie auf, zahlt den Tee und geht langsam zurück zu unserer Wohnung.

Alba! Ich rede mit dir!
Mein Vater reißt mich aus meinen Gedanken.
Wir müssen los. Sag Pepi auf Wiedersehen.

Wir küssen einander und sie umarmt mich wieder. Diesmal ohne Tränen.
Wir haben kaum miteinander gesprochen. Aber das tun wir ja fast nie.
Die zeitlosen, stillschweigenden Blutsbande vereinen.

Ein Taxifahrer holt uns ab. Er raucht eine Zigarette, und vom Vordersitz plärrt israelische Musik.
Bitte keine Zigaretten, keine Musik, sagt mein Vater.
Der Fahrer wirft die Zigarette aus dem Fenster und schaltet die Musik aus, widerwillig.
Wir fahren in Jerusalems Sonnenuntergang.

2

Die Busfahrt von West-Jerusalem nach Tel Azra dauert eine Stunde. Noga und ich sind auf dem Weg zu unserer Großmutter mütterlicherseits, Savta. Sie lebt in einer orthodoxen Gemeinde, nahe dem Biblischen Zoo.
Gegen den Willen meiner Mutter trage ich ein T-Shirt und Shorts. Wenigstens kann ich mit meinem Korsett Shorts tragen, obwohl das doppelte T-Shirt und das Halstuch irgendwie die beabsichtigte Wirkung verringern: nackte Arme, nackte Beine.
Möchtest du diese Menschen provozieren?, fragt mich mein Vater, bevor ich das Haus verlasse. Es ist Nogas und meine erste Busfahrt allein.
Nein, ich möchte sie nicht provozieren, lüge ich. Es ist heiß, und ich ziehe kein langes Kleid an.
Du wirst sehen, was das für Konsequenzen hat. Mir ist es egal, sagt er.

Mein Vater hat eine Aversion gegen orthodoxe Juden. Gegen meine Großmutter, die er immer verspottet.
Ignorantes Weib, sagt er. Unästhetisches Weib.
Hör auf. Nicht vor den Mädchen, sagt meine Mutter.
Ich verstehe nicht, wie du das Produkt einer solchen Familie sein kannst, sagt mein Vater zu ihr.
Mein Vater war ein eleganter Mann, erklärt meine Mutter mit Nachdruck.
Vielleicht, erwidert mein Vater. Aber deine Mutter ist keine elegante Frau.

Als sich der Bus dem orthodoxen Ziel nähert, steigen die jungen Studenten aus, die Soldaten in ihrer kakifarbenen Uniform, die modischen Frauen, die Liebespaare, und dafür steigen Menschen in orthodoxen Trachten ein. Massen von Perücken und Tüchern, von breitkrempigen Hüten und Schläfenlocken, von lauten Kindern und müden Müttern. Viele haben abgespannte Gesichter und plumpe lange Kleider, unter denen die Spitze eines billigen Schuhs hervorguckt. Oder ein zerrissener Strumpf.

Gelegentlich steigen während der Fahrt elegante Frauen in den Bus. Ihre schön geschnittenen hochgeschlossenen Kleider werden von einem dezenten Make-up ergänzt, ein teurer Ring krönt einen weichen Finger. Ich starre sie bedenkenlos an und sie starren zurück. Wo wohnen Sie?, bin ich versucht zu fragen. Und warum haben Sie beschlossen, so zu leben?

Ich bin Zeugin eines Augenblicks in einem Leben, das von Religionspflichten und Kleidervorschriften geprägt ist und so weit entfernt von meinen Pariser Wurzeln, dass ich es exotisch finde. Ich sollte eine Art Empathie oder Respekt spüren, aber ich spüre ein impulsives Verlangen, sie zu verspotten.

Komm, wir reißen der Frau das Tuch vom Kopf, wenn wir aussteigen, sage ich zu meiner Schwester und zeige auf die Frau mittleren Alters, die vor uns sitzt und lautstark einen kleinen Jungen auf Jiddisch maßregelt. Sein schlafender Bruder nuckelt im Kinderwagen am Daumen. Dann wacht er auf und die Mutter hebt ihn hoch, wobei nasse Flecken unter den Armen sichtbar werden. Ich rieche ihren Schweiß bis zu meinem Sitz.

Los, komm, wir tuns, wiederhole ich.
Bist du verrückt?, fragt meine Schwester.
Komm schon. Ich verspreche dir ein Geschenk, wenn wirs zusammen machen.
Ich erpresse meine Schwester oft, halte meine Versprechen aber nicht immer.
Nein. Ich will nicht. Wir kriegen Ärger. Und warum willst du das machen? Es ist gemein.
Es ist nicht gemein, es ist lustig.
Nein, ist es nicht.
Egal, du Küken. Ich mach es allein.
Als der Bus die Endhaltestelle erreicht, greife ich nach dem Tuch der Frau.
Tu es nicht, alle gucken, flüstert meine Schwester.
Ist mir egal, antworte ich, als meine Hand zu zittern beginnt.

Die Frau steht auf, als meine Hand gerade den Stoff auf ihrem Kopf berührt. Er fühlt sich weich an.
Zu spät, sage ich zu meiner Schwester. Sie ist aufgestanden, bevor ich es gemacht hab, die dumme Tante.
Nächstes Mal. Du machst es nächstes Mal.

Ein paar Jungen mit schmutzigen Anziehsachen und langen Schläfenlocken bewerfen mich mit Steinen, als wir aus

dem Bus steigen. Ein alter Mann beschimpft mich. Was glaubst du eigentlich, wo du bist, in diesem Aufzug?, fragt er mich. Meine Schwester ist beunruhigt. Deinetwegen werden wir noch umgebracht, flüstert sie.
Sei nicht dumm, antworte ich überheblich. Doch insgeheim befürchte ich, sie könnte recht haben.

Savta ist so gütig und ignoriert meine nackten Beine. Sie drückt uns an ihren Busen und gibt uns zu viele Küsse. Oj, dieser Metallapparat, den du am Rücken tragen musst, sagt sie zu mir. Warum brauchst du so etwas? Oj, ist ja nicht so schlimm, fügt sie hinzu, bevor ich ihr antworten kann. Ihr seid schöne Mädele, ihr zwei. Schöne Mädele. Schöne *mejdelech*, wiederholt sie, mit ihrem jiddischen Akzent.

Sie trägt ein Tuch auf dem Kopf, eine lange Tunika und Latschen. In ihrer Wohnung riecht es nach Essen. Nach sauren Gurken und gefüllten Paprikaschoten, Schnitzel und Krautsalat, und nach etwas Unangenehmem. Ihr Medizinschränkchen? Ich weiß, dass dort abgelaufene Tabletten und zweifelhaft aussehende Trunke drinstehen, die sie sich weigert auszusortieren. Ich brauche sie für meinen alten Körper, sagt sie. Meine müden Muskeln.
So ist das. Und so wird der Nachmittag dahinziehen. Sie wird uns dieselben Fragen stellen, wieder und wieder.
Wie steht es um eure Gesundheit?
Wie ist die Schule?
Wie geht es eurer Mutter?
Wie gut könnt ihr Hebräisch?

Wie geht es eurem Vater?
Nehmt doch noch mehr zu essen.

Mehr. Ihr seid so dünn. Ihr solltet mehr essen. Hier, nehmt euch doch noch mehr zu essen. Was gibt sie euch zu essen, diese meine Tochter? Wollt ihr nichts mehr? (Wir schütteln die Köpfe.) Gut, dann nehmt ihr eben nicht mehr, *wat* kann ich machen …

Nach dem Essen zeigt sie uns Familienfotos. Meinen Großvater Joseph, der vor vielen Jahren gestorben ist. Ein großer, gut aussehender Mann mit langem Bart und sanftem Gesicht. Meine Mutter sieht aus wie er. Sie haben die gleichen dunklen Haare und grünen, orientalischen Augen. Joseph war ein sehr frommer Mann, stand jeden Morgen um fünf Uhr auf und las in der Bibel, bevor er mit der Subway von Brooklyn nach Manhattan fuhr, wo er als Aufseher für koscheres Fleisch arbeitete. Er war ein gebildeter Mann und konnte schön singen, erzählte mir meine Mutter. Unser Haus war immer voller Lieder. Wir waren vielleicht arm, aber wir hatten Musik.

Aufseher für koscheres Fleisch und spirituelle Persönlichkeit.

Ich stelle mir Joseph vor, mit seiner Schürze um die Hüfte gebunden, wie er sich, während der Fleischer das Fleisch dreimal spült, Notizen macht und dann das Koscher-Zertifikat auf die Haut stempelt.

Sieben Kreise um den Bräutigam.
Sieben Kreise um einen Toten.
Drei Schaufeln Erde auf den geschlossenen Sarg.
Rohes Fleisch und Blut dreimal gespült.

Baruch ata Adonai, rezitiert Joseph, sein Körper schwingt vor und zurück, seine Augen sind auf den kleingedruckten schwarzen Bibeltext geheftet.
Joseph spricht Hebräisch wie seine Muttersprache. Acht Generationen von Vorvätern garantieren, dass ihn die Sprache seiner Ahnen nie verlassen wird.
Savta ist anders. Ihre Herkunft ist nebulös und sie ist nicht sehr gebildet. Hebräisch liegt ihr vielleicht im Blut, aber nicht auf der Zunge. So gibt der Klang ihrer Sprache keinen Hinweis darauf, woher sie kommt.

Es gibt Bilder von meiner Mutter als Kind. Von ihren drei Brüdern, die auf irgendeiner Straße stehen in Williamsburg, Brooklyn, circa 1949. Es gibt jedoch kein Bild von der Schwester, die als Kind gestorben ist. Die Todesursache wurde nie festgestellt.
Savta erwähnt sie nicht und wir fragen nie.

3

Joseph und Savta sind in den 1960ern von New York nach Jerusalem gezogen, als Joseph nicht mehr als Fleischaufse-

her arbeitete und in Rente war. Wir haben sie einmal besucht, mit meinem aufmüpfigen Vater. Noga war ein Baby, ich war vier.
Ein hochgewachsener Mann nahm mich liebevoll auf den Arm. Savta servierte Selbstgebackenes.
Es war das einzige Mal, dass mein Vater sie besucht hat. Schrecklich ist es dort, sagte er.

Joseph starb ein paar Monate später an Parkinson. Er war achtundsechzig Jahre alt.

Mein Großvater war ein gut aussehender Mann. Ich stelle mir vor, dass er an seinem Hochzeitstag, als er den Schleier seiner Frau lüftete und ihre schlichten Züge sah, einen Stich der Enttäuschung gespürt haben muss. Dann wiederum wird Joseph als frommer Jude sein Schicksal als Gottes Wille akzeptiert haben; wenn das die Frau war, die er zu heiraten hatte, dann würde er daraus das Beste machen.

Joseph und Savta ließen sich in Jerusalem nieder. Ihr erster Sohn wurde in den frühen 1920ern geboren. Er starb mit zwei Jahren während der Typhusepidemie, die in der Stadt grassierte.
Ein weiterer Sohn wurde 1924 geboren, eine Tochter zwei Jahre später. Joseph fand Arbeit in einem jüdischen Verlagshaus, in dem Gedichte, Bücher und Broschüren gedruckt wurden.
Eines Tages fiel sein Auge auf ein Gedicht, in dem die Existenz Gottes angezweifelt wurde.

Wie konnte er solche blasphemischen Dinge drucken?
Er sortierte das Gedicht aus und machte mit dem nächsten Buch weiter.

Ein paar Wochen später geschah dasselbe wieder.
Als sein Vorgesetzter ihn zur Rede stellte, erklärte Joseph, dass er unter keinen Umständen Literatur drucken könne, in der die Existenz Gottes geleugnet würde.

In diesem Falle müssen Sie gehen, sagte sein Vorgesetzter.
Joseph versuchte zu argumentieren, jedoch vergeblich.

Er ging für vier Jahre nach New York, kam zuweilen nach Jerusalem. Er fand die eine oder andere merkwürdige Arbeit, unter anderem arbeitete er für die Irgun, eine militante zionistische Gruppe, und half, Waffen nach Israel zu verschiffen.
Bei jedem Aufenthalt in Jerusalem entstand ein weiteres Kind. Und jedes Kind bedeutete höhere Kosten.

In derselben Zeit wandte sich Schlomo mit der Bitte um Hilfe an seinen Bruder Joseph.
Schlomo studierte den ganzen Tag die Kabbala und arbeitete nicht.
Hilf mir, meine sieben Kinder zu ernähren, sagte er.

Joseph gehorchte. Er fühlte sich seinem Bruder gegenüber verpflichtet.
Studium ist die höchste Form des Gebets.

Aber mit Gebeten kann man keine Rechnungen bezahlen.

Fünf Kinder später entschied Joseph, Israel endgültig zu verlassen.
Kommt doch in ein paar Monaten nach, sagte er zu seiner Familie.
Savta widerstrebte das. Aber sie musste ihrem Mann gehorchen. 1938, kurz vor der Entdeckung des Penicillins und ein paar Wochen, bevor die Familie auf der SS Normandie nach Amerika einschiffen wollte, starb die Schwester meiner Mutter; sie war zwölf Jahre alt.

Als die Familie Palästina verließ, fanden sich ihr Name und Bild noch im Gruppenpass.
Joseph erfuhr von dem Tod seiner ältesten Tochter erst, als die Familie in New York ankam.
Er hat sich das nie verziehen.

Einmal hat man mir ihren Namen gesagt. Dann sollte ich ihn wieder vergessen. Habe ich aber nicht.

4

Tessa und ich betreten die Altstadt durch das Jaffator. Wir folgen einem Labyrinth aus kleinen Straßen, bis hin zum Arabischen Viertel. Ich kenne Tessa seit vielen vielen Jahren. Unsere Mütter sind zusammen zur Highschool gegangen, in Brooklyn. Tessa ist drei Jahre älter als ich und wohnt in Manhattan, aber ihr Vater lebt in Israel und sie besucht ihn jeden Sommer.

Bis vor Kurzem hat Tessa meine Anwesenheit ignoriert, es sei denn, ihre Mutter war dabei. Mittlerweile will sie mich nur noch sehen, wenn ihre Mutter nicht dabei ist.

Du bist ganz schön reif für deine zwölf, sagt sie.

Ich bin erfreut.

In einem Café am Eingang zum Suq trinken zwei Männer mit Kufijas auf dem Kopf Pfefferminztee, während man im Hintergrund laute arabische Musik hört. Ein Junge verkauft von einem Wagen Sesambrot. Tessa und ich kaufen ein Stück und teilen es uns auf den Stufen. Der Teig ist warm und knusprig.

Eine Frau in einem blau bestickten Kaftan mit goldenen Armreifen an den Handgelenken kommt aus dem Café. Ein dunkler Zopf baumelt unterhalb ihrer Hüfte.

Sie ist schön, bemerke ich.

Tessa zuckt mit den Schultern. Findest du?

Tessa hat lange schwarze Haare, olivenfarbene Haut und lange Beine. Wenn sie lacht, kräuselt sich ihre Nase. Sie spricht schnell und sieht älter aus als fünfzehn. Ich merke, dass die Männer sie anschauen, wenn wir vorbeigehen.

Ich beneide sie. Ich hasse mein dickes, krauses Haar, mein pickliges Gesicht, meine sehnigen Beine.

Als wir uns in den Suq hineinwagen, hält uns ein Mann auf und versucht uns seine Waren zu verkaufen. Freunde!, ruft er und zeigt auf einen Keramikladen. Schöne Sachen für euch! Gute Preise!

Komm mit, sagt Tessa. Ich zeig dir einen Schmuckladen, der einer Marokkanerin gehört, die ich kenne. Leila. Sie lebt allein mit ihren zwei Kindern.
Tessa erzählt mir dann von ihrem achtzehnjährigen Freund, der eine Pilotenausbildung bei der Armee macht.
Mein Vater hasst ihn, sagt sie. Er sagt, er ist zu alt für mich. Sie zuckt wieder mit den Schultern. Aber das macht nichts, denn ich höre nie auf meine Eltern.
Ich zucke ebenfalls mit den Schultern. Ich auch nicht.

Wir laufen an einer alten Araberin vorbei, die umgeben von Wassermelonen auf dem Boden sitzt. Ihre Beine hat sie vor sich ausgestreckt, ihre Zehennägel sind schwarz. Sie lächelt uns im Vorübergehen an. Rotes Zahnfleisch, keine Zähne. Umgeben vom Geruch nach Kardamom, Salbei und frischem Fisch von den Ständen in der Nähe, entfernt sie das Fruchtfleisch aus den Melonen und wirft die Kerne systematisch in eine kleine Tüte neben sich. Ihren groben Händen zuzuschauen, wie sie sich geschickt zwischen der Tüte und dem Fruchtfleisch hin- und herbewegen, hat etwas Faszinierendes.
Komm, wir gehen, sagt Tessa und zieht mich am Ärmel. Der Laden macht bald zu.
Wir finden weder den Laden noch seine marokkanische Besitzerin. Stattdessen verirren wir uns im Labyrinth der Altstadt, unsere Herzen pochen, als die Sonne unterzugehen beginnt und der Ruf des Muezzins von den Stadtmauern widerhallt.

5

In Israel haben wir jeden Sommer verbracht, aber Paris ist unser Zuhause. Wir wohnen in einer Wohnung am Rand des 13. Arrondissement, zwischen dem Boulevard Montparnasse und dem Jardin du Luxembourg. Wir gehen in die École Alsacienne, eine angesagte Privatschule. Ich kämpfe mich dort durch, genau wie meine Schwester. Meine Noten sind schlecht und mein Mangel an Freundinnen bringt mich dazu, ein paar zu erfinden und so zu tun, als würde ich sie besuchen gehen, dabei laufe ich wieder und wieder um unseren Häuserblock, bis ich ein paar beruhigende Stunden später sicher nach Hause zurückkehre, wo ich dann begeistert von meinem Besuch bei N. auf dem Boulevard Arago berichten kann. Manchmal schmücke ich meine Berichte mit Märchen über N.s Hippie-Eltern aus, was meinen Vater unausweichlich mit seinen Tiraden über 1968 und den unwiederbringlichen Verfall der französischen Werte loslegen lässt.

Meine Fantasie ist meine Zuflucht. Die Wort- und Bilderwelt, der meine Eltern angehören. Meinem Vater zufolge gibt es keine andere akzeptable Welt, der man angehören kann. Reinheit in ihrer subtilsten Form, die müssen wir alle anstreben. Und mit diesem Streben bezahlen wir unsere Rechnungen. Während das Dichten meiner Mutter zu einer seltenen Beschäftigung geworden ist, befindet sich das Atelier meines Vaters ein paar Schritte von unserer Wohnungstür entfernt. Dort schafft er den Großteil seiner Werke.

Unsere Wohnung ist auf der Leinwand verewigt.
Die Schlafzimmer, die Küche, der Balkon, das Wohnzimmer.
Wir. Als Babys, Kleinkinder, Teenager. Meine Mutter von vorn und von hinten, sitzend und stehend, zurückgelehnt und schlafend.
Mein Vater. Selbstportraits als Akt, bekleidet, schreiend, nachdenklich, müde.
Der Blick nach draußen. Die Wohnung der Nachbarn in Hausnummer 10. Der Blick in den Garten der augustinischen Nonnen. Der Platz selbst.
Objekte. Skulpturen, Obst, Blumen, Bücher, Handtücher, Zimmerdecken, rissige Mauern.
Menschen. Besonders Sam. Mit gesenktem Kopf, Zigarre rauchend, gen Horizont starrend, redend und lächelnd.
Auch andere. Schriftsteller und Künstler, Musiker und Schauspieler, Politiker und Historiker.
Gewöhnliche Leute. Im Zug und in der U-Bahn. Geknechtete Figuren, Straßenmusiker, Liebende oder einfache Passanten, skizziert mit schnellem Bleistiftstrich.
Manchmal vergehen ein oder zwei Monate, ohne dass er etwas malt. Das sind meistens die schlimmsten Zeiten, in denen wir Opfer seiner zunehmenden Frustration werden.
Dann plötzlich, wenn die Spannung so handfest geworden ist, dass es unerträglich ist, kommt zur Rettung die Inspiration.
Mein Vater schaltet Musik an. Beethovens Eroica oder Glenn Goulds Einspielung der Goldberg-Variationen.

Er schließt ein paar Stunden lang die Ateliertür, während uns alle ein ehrfurchtsvolles Schweigen überfällt.

Psst. Geh auf Zehenspitzen. Zolle deinem Vater Respekt. Kein Geräusch. Wenig Bewegung.

Wenn er mit schwingendem Pinsel und völlig zerzaust aus seinem Atelier kommt, werden Noga und ich aufgefordert, das fertige Werk zu beurteilen. Ist es gut?
Wir nicken, enthusiastisch.
Nein, es ist nicht gut, sagt er. Es ist scheiße.
Nein!, rufen wir.
Ach, ich weiß nicht.
Es ist wirklich gut!, rufen wir wieder.
Na ja, vielleicht. Vielleicht auch nicht …
Es ist wundervoll, Schatz, sagt meine Mutter mit ihrer sanften Stimme, wenn sie das Zimmer betritt. Absolut wundervoll.
Wirklich? Vielleicht ja. Vielleicht ist es gut. Wenn du es sagst.
Ich will dann nur noch wegrennen. Zurück in mein Zimmer, zu meinem Tagebuch, in meine präpubertäre Welt. Erwachsene dürfen keine Zweifel hegen oder sich verwundbar zeigen. Erwachsene müssen auf alles eine Antwort wissen. Erwachsene sind stabil und zuverlässig wie Ziegelsteinmauern. Sie können vielleicht nicht jedes Hinfallen verhindern, aber sie helfen uns immer wieder hoch.
Mein Vater verzeiht kein Hinfallen. Du musst stark und widerstandsfähig sein, sagt er. Du musst nachdenken, bevor du handelst.

Du darfst nicht fallen.

Im Oktober 1941 wurde deinem Vater seine Kindheit weggenommen, sagte mir meine Mutter einmal.
Weggenommen von Männern in blassgrauer Uniform, die ihn und seine Familie in einen Viehwaggon stapelten und an einen Ort ohne Wiederkehr brachten.

Ich hatte jene Worte schon vorher gehört, von einer Frau im Fernsehen, in einem Dokumentarfilm über Holocaust-Überlebende.
1942 haben mir die Deutschen meine Mutter weggenommen, sagte die Frau. Ich lief an ihrer Hand, und dann nicht mehr. Sie haben uns auseinandergerissen wie ein Stück Stoff. Ich war sechs Jahre alt.
Ich bin hinter ihr hergerannt und sie hat mir eine kräftige Ohrfeige gegeben. Geh weg, hat sie gesagt. Komm mir nicht hinterher.
Ich habe meine Mutter nie wiedergesehen. Sie ging an einen Ort ohne Wiederkehr.
Und ich nicht.

Als ich zehn war, hat mich mein Vater in sein Atelier gerufen und mir einen großen Stapel Zeichnungen gezeigt. Siehst du die?, sagte er. Tja, ich muss daraus eine Auswahl treffen, und ich möchte gern, dass du mir hilfst. Ich möchte gern, dass du mir deine Meinung sagst, welche Zeichnungen ich behalten und welche ich verbrennen soll.
Verbrennen?

Ja, verbrennen.
Er machte ein Feuer und breitete die Zeichnungen um uns herum aus. Beinahe hundert, in allen Formen und Größen. Ich verspürte eine Mischung aus Stolz und Furcht. Mein Vater fragte mich nach meiner Meinung. Was, wenn ich mich irrte? Was, wenn er die falschen verbrennen würde? Was wäre dann?
Ich vertraue deinem Auge. Das weißt du.

Wir begannen mit dem Eliminierungsprozess. Das Feuer schwelte und knackte, während mein Ja oder Nein gefragt war.
Ja.
Zeichnung wird vorsichtig in eine Ecke gestellt.
Nein.
Bögen chinesischen Papiers ins Feuer werfen und zuschauen, wie sie zu Staub zerfallen.
Wir redeten. Wir scherzten. Wir lachten.
Wir warfen sie schneller und schneller, bis zu dem Zeitpunkt, als wir fertig waren, siebzig Zeichnungen in Rauch aufgegangen waren. Tausende von Dollars Lebenshaltungskosten in Rauch aufgegangen.

6

Noga und ich schlafen in demselben Zimmer.
Eines Morgens wache ich früh auf und merke, dass sie merkwürdige Geräusche von sich gibt. Ich schaue von meinem

Stockbett hinunter. Ihre Fäuste sind geballt und aus ihrem Mund kommen Blasen. Ich kann nicht erkennen, ob ihre Augen offen oder zu sind.
Noga?, rufe ich.
Sie antwortet nicht.
Ich springe aus dem Bett, rase aus dem Zimmer und ins Schlafzimmer meiner Eltern.
Mit Noga stimmt irgendwas nicht, sage ich. Mein Vater kommt schnell und misst Fieber. 41,9°.
Ein Grad mehr und sie kann sterben, sagt er stockend.

Mein Herz schlägt wie wild.

Der Arzt wird gerufen. Kurze Zeit später kommt ein Krankenwagen, sie wird ins Krankenhaus gebracht.
Noga hat eine Lungenentzündung, wird mir gesagt. Es ist ernst.
Als sie ein paar Tage später nach Hause kommt, wirkt sie kleiner und zerbrechlicher.
Ich nehme sie fest in den Arm. Es fällt mir schwer, sie loszulassen.

7

Unsere Klasse fährt auf Klassenfahrt. Wir fahren nach Lozère, mit dem Zug. Ich teile mir ein Zimmer mit anderen Mädchen. Annabelle, Barbara, Brigitte, Isabelle. In Paris nehmen sie meine Anwesenheit kaum wahr, aber hier, auf un-

bekanntem Terrain, tun sie es. Mein Korsett, in der Schule ein Anlass für Spott, wird hier als Behinderung betrachtet, die irgendwie Mitleid verdient. Annabelle beschließt, meine Freundin zu werden. Genau wie Barbara, ein griechisches Mädchen. Barbara ist schön und bei den Jungen beliebt. Eines Tages, als wir in der großen Cafeteria Mittag essen, fragt sie mich, in welche Kirche ich in Paris gehe. Ich bin Jüdin, sage ich ihr. Ich gehe nicht in die Kirche.
Die Juden haben Jesus Christus umgebracht. Ich kann nicht deine Freundin sein, erklärt sie.

In Lozère melken wir Kühe und besuchen die Cantal-Fabrik, wo Käse hergestellt wird. Wir probieren den Käse mit den Fingern und lernen etwas über den Pasteurisierungsvorgang. Wir wandern kilometerweit über Landstraßen und lernen, wie man Lagerfeuer macht.
Zwei Wochen lang dusche ich nicht, und als ich schließlich nach Paris zurückkomme, begeistert von der Reise, sagen mir meine Eltern, dass ich stinke. Das tun alle Kinder und nichts könnte mich glücklicher machen. Wir stinken alle, weil wir beschlossen haben, gegen die Gemeinschaftsduschen zu rebellieren. Ich war Teil der Rebellion. Ich wurde eine von ihnen.
Gestank verbindet.

III

I

Samuel Beckett kommt zum Abendessen.
Er ist groß und hager, hat scharfe Wangenknochen und Augen, blau wie das Meer.
Da ich einige Tage zuvor dreizehn geworden bin, gratuliert er mir zum Geburtstag und küsst mich auf beide Wangen.
Aber kein Geschenk. So viel zu seinen Patenverpflichtungen.
Dann wiederum ist er kein normaler Patenonkel und hat sich davor noch nie vor Geschenken gedrückt. Im Gegenteil. Seine Großzügigkeit mir gegenüber war immer lobenswert.
Ist dir klar, was das bedeutet? Mein Vater erinnert mich oft.
Begreifst du die Bedeutung von Sams Geschenken?
Ja, tue ich.
Nein, tust du nicht. Ich werde sie verwahren, bis du fähig bist, sie wertzuschätzen.
Brauchst du nicht. Ich schätze sie wert.
Nein, tust du nicht. Du bist ein Kind.

Ich bin kein Kind. Ich bin eine junge Frau. Ich begreife die Bedeutung seiner Geschenke: Die Erstausgabe eines seiner Romane. Den Silberlöffel aus seiner Kindheit. Eine Korallenkette, die ich nie getragen habe.
Aber ich begreife die überbordende Art nicht, mit der eine Einmaligkeit hervorgehoben wird, die ich selbst bemerkt habe.

Sam folgt meinem Vater ins Wohnzimmer. Er zieht ein Blatt Papier hervor und gibt es mir. Herzlichen Glückwunsch, sagt er.
Also hat er es doch nicht vergessen. Ich hätte nicht an ihm zweifeln sollen. Ich halte einen Schreibmaschinenbogen in der Hand. *Il fut trouvé par terre*. Man hat ihn auf der Erde gefunden. Ich schaue Sam lächelnd an. Danke, sage ich. Er lächelt auch. Es ist nur eine Seite.
Eine besondere Seite.

Eine Flasche Jameson wird geöffnet. Mein Vater und Sam reden über sein letztes Stück, während meine Mutter in der Küche das Abendessen macht. Noga kommt mit uns ins Wohnzimmer.
Mein Vater legt eine Schubert-Sonate auf und sagt, ich solle ruhig sein. Noga sitzt still, ich zapple auf meinem Sessel herum. Ich höre das Geklapper von Töpfen und Pfannen in der Küche.
Halt den Mund, wenn Musik läuft, werde ich gewarnt.
Dann schließt er wieder die Augen, während Sam regungslos dasitzt.
Ich winde mich in meinem Sessel, bis mein Vater mir befiehlt, das Zimmer zu verlassen.
Ich frage Noga, ob sie mitkommt. Ich möchte hierbleiben, sagt sie. Okay.

Ich renne ins Bad und trage mir grünen Lidschatten auf, dann wische ich ihn wieder ab. Make-up ist zu Hause nicht erlaubt. Nicht mit dreizehn. Zu jung, noch.

Wie kommt es, dass Noga so anders ist als ich?, frage ich mich.
Rockmusik ist nichts für sie. Oder Make-up. Oder Wutausbrüche.
Wenn Noga Groll gegen uns hegt, behält sie ihn für sich. Sie ist ruhig, oft nachdenklich. Sie hat erklärt, dass sie Astronomin werden will, wenn sie groß ist.

Sie bekommt zum Geburtstag ein Teleskop und stellt es auf unseren Balkon in der Hoffnung, ein paar Sterne zu erkunden.
Was wir erkunden, ist das Intimleben unserer Nachbarn. Wir sehen, wie sie sich ausziehen, unterhalten, lachen. Die Sterne vergessen wir total; das ist besser als alles, was wir uns hätten vorstellen können. Wir kichern und richten die Linse auf die Nachbarn, die wir am wenigsten leiden können, bis meine Mutter uns auf frischer Tat ertappt und unserer heimlichen Tätigkeit ein abruptes Ende setzt.

Bevor Noga schlafen geht, räumt sie ihren Schreibtisch auf und legt Stifte und Bleistifte ordentlich nebeneinander, mit klaren Anweisungen an uns, sie nicht ohne ihre Erlaubnis anzurühren.
Sie stellt ihre Schuhe mit quälender Präzision neben das Bett, die Schnürsenkel exakt parallel lang gezogen.
Sie schlüpft unter die Decke, fast ohne sie zu berühren, und oft kann man morgens kaum ausmachen, ob wirklich jemand nachts dort geschlafen hat.

Meinen Vater erfüllt das mit Freude und mich mit Entsetzen.
Du bist so ein Wahnsinnsfreak, sage ich ihr.
Sie zuckt mit den Schultern. Macht mir nichts aus.

Wenn Noga sich mit meinem Vater unterhält, sind ihre Fragen sorgfältig formuliert, ihre Antworten wohl und lang überlegt. Sie diskutieren über Gedanken und Taten, die Jahrhunderte zurückliegen. Mit der Gegenwart haben sie wenig zu tun, aber viel mit dem Aufdecken von Geheimnissen der Vergangenheit.
Mein Vater hört Noga zu und sie ihm. Sie sitzen und unterhalten sich ruhig. Weder bekämpft noch verurteilt sie ihn. Er wird sich nie ändern, sagte sie einmal zu mir, was bringt es also?

Irgendwie weiß ich, dass sie recht hat. Aber um mich meiner Identität zu versichern, muss ich mich gegen ihn wehren. Selten sitzen wir beieinander und unterhalten uns ruhig. Meistens stehen wir und streiten uns.
Warum hörst du mir nie zu?, brüllt er. Ich erzähle dir von David, einem der größten Maler aller Zeiten!
Ich höre doch zu!, brülle ich zurück.

Tu ich aber nicht. Mich interessiert mehr, wie Menschen gelebt haben, im Gegensatz dazu, was sie geleistet haben. Ich bin daran interessiert, was sie nicht sagen und welche Gefühle sie nicht äußern konnten. Es muss damals schwieriger gewesen sein, Gefühle zu äußern.

Obwohl wir im selben Haus leben und dieselben Eltern haben, teilen Noga und ich unsere intimen Gedanken nicht. Ich behalte das, was in der Schule passiert, für mich und sie auch. Sie kennt ein paar meiner Freunde, ist ihnen begegnet, wenn sie zu Besuch waren, schenkt jedoch ihrer Gegenwart anscheinend keine Beachtung, vielleicht weil sie weiß, dass ich mich vor ihnen über sie lustig machen würde, oder einfach, weil es sie wirklich nicht interessiert.

Doch ich bin neugierig, was Nogas Freundinnen angeht. Ariane, mit dem blonden lockigen Haar und einer Kinderstimme. Elise, ein Einzelkind, deren Mutter Bäckerin ist. Manchmal lausche ich an Nogas Tür in der Hoffnung, ein paar Gesprächsfetzen zu erhaschen. Vielleicht offenbart Noga vor anderen etwas, das ich persönlich von ihr nicht erfahre.
Ist sie wütend, wie ich? Ist sie traurig? Ist sie glücklich?
Ich erfahre nichts. Ihre Gespräche sind überraschend banal, wie auch das, was sie tun. Mit Nogas Chemiebaukasten spielen. Elise sagt etwas über einen berühmten französischen Rocksänger. Noga erzählt von ihrer Liebe zu Tieren.
Nach einer Weile gebe ich das Lauschen vollständig auf.

Sam folgt mir in mein Zimmer und setzt sich mit mir ans Klavier. Ich spiele ihm eine Mozart-Sonate vor. Ich kenne das Stück, sagt er. Seine Stimme ist tief und rau.
Er versucht, auch zu spielen, obwohl seine rechte Hand durch eine Muskelkrankheit behindert ist.

Wir setzen uns zum Abendessen. Deine Augen sehen verquollen aus, bemerkt meine Mutter.
Es gibt Fisch und Sam schluckt die Gräten runter. Calcium, sagt er.
Er erzählt von einer Reise nach Dublin. Von ein paar Leuten, die er getroffen hat, Orten, an denen er wieder war. Mein Vater fragt ihn nach der neuen Inszenierung seines Stücks *Glückliche Tage*. Ihre Londoner Freundin Jocelyn hat das Bühnenbild gemacht.
Meine Mutter rollt eine Käseplatte herein. Sam rezitiert ein Shakespeare-Sonett, dann Keats. *Ode an eine Nachtigall*. Meine Mutter stimmt ein, mein Vater grinst unaufhörlich.
Ich muss gehen und Hausaufgaben machen, erkläre ich nach dem Dessert.
Wir reden über Hausaufgaben und Schule. Sam stellt ein paar Fragen, ich antworte ausweichend. Ich kann gar nicht erwarten, dass das Abendessen endlich vorbei ist.

Einen Mann wie Sam gibt es alle dreihundert Jahre einmal, sagt mir mein Vater später.
Kapierst du, was es bedeutet, solch einen Menschen in deinem Leben zu haben?
Geht es um Bedeutung?, frage ich.
Natürlich, erwidert er.

2

Jeden Morgen stellt mein Vater bei seinem kleinen braunen ledernen Transistorradio mit rotem Drehknauf die israelischen Nachrichten ein.
Kol Israel, kurze Welle, weite Entfernung.
Eine Männerstimme dröhnt durchs Zimmer, als Echo ertönen häufig laute Zwischenrufe meines Vaters.
Die Nachrichten sind unterbrochen von Reklame und Liedern, oft von israelischer Volksmusik, die meiner Mutter, wenn sie sie hört, sofort Tränen in die Augen treibt.
Wenn es in dem Land zu Unruhen kommt, sitzen mein Vater und meine Mutter mit höchst konzentriertem Gesichtsausdruck um den Küchentisch, es folgen mehrere Telefonate mit ihrer Freundin Naomi in Jerusalem.
Geht es allen gut? Ist jemand verletzt?
Mein Vater wütet und wettert. Über Menachem Begin. Den schrecklichen Likud. *Ayom ve nora*. Furchtbar und schrecklich. Eine Schande, dass so ein Mann an der Macht ist. Eine Schande.

Dann gibt es noch *France Culture* und *France Musique*, die täglich eingeschaltet werden.

Sei ruhig. Wir hören zu. Du solltest auch zuhören. Es ist sehr interessant. Sehr schön.

Tu ich nicht. Ich höre zu, wenn ich will, nicht, wenn man es mir sagt. Andererseits sagt man es mir immer.

Es geht nicht darum, was ich will.

In politischen oder kulturellen Fragen werden in Frankreich oft Schriftsteller und Philosophen hinzugezogen.
Sie werden sehr ernst genommen und einige von ihnen sind so berühmt wie Filmstars.
Sie deklamieren ihre Meinungen mit bombastischen Stimmen und klingen sehr selbstsicher.
Die Idee, dass ein Denker oder Schriftsteller so populär ist wie ein Schauspieler oder Sänger, ist sehr reizvoll.
Ihnen höre ich zu.

Nur verstehe ich meistens kein Wort von dem, was sie sagen.

3

Mein Vater schenkt mir eine Briefmarkensammlung. Ich hab das als Junge sehr gemocht, sagt er.
Ausnahmsweise verstehe ich, warum.
Ich verliere mich in Ländern mit exotischen Namen und farbigen Illustrationen. Magyaren, Ungarn. Republik von Burundi. Obervolta. Ceylon. Ich sortiere sie sorgfältig in mein Album. Ich lerne etwas über die Länder und ihre Menschen.
Wenn ich schon nicht hinfahren kann, so kann ich zumindest davon träumen.
Außer von den Diktaturen.

An den Briefmarken allein würde ich es nie erkennen. Die Bilder weisen selten auf ein repressives System hin.

4

In der Schule findet ein Konzert statt. Ich werde gebeten, daran teilzunehmen.

Ich suche mit meiner Klavierlehrerin, einer überschwänglichen Israelin, ein Stück aus. Wir entscheiden uns für ein Chopin-Präludium. Ich übe Tag und Nacht. Dies ist meine erste Aufführung und ich habe schreckliche Angst. Wenn ich verspottet werde? Oder ausgelacht?

Am Abend der Aufführung sage ich meiner Mutter, dass ich krank bin. Aber sie überzeugt mich hinzugehen.

Ich bin eine der Ersten. Wie immer. Überall der erste Buchstabe. Ich bin mit meinem Namen doppelt verflucht.

Alba Arikha spielt nun Chopin, kündigt eine Frau an.

Hier und da ein spöttisches Lächeln.

Ich sitze am Klavier, mein Korsett drückt gegen den Rücken, meine Brille rutscht auf meiner schwitzenden Nase.

Irgendwie schaffe ich es zu spielen. Die Töne werden Farben, wie so oft, wenn ich mich in der Musik verliere. A ist gelb, b dunkelblau, C ist weiß. G ist schwarz. Und Fis hellgrün. Farben fliegen um die Tasten, ein Regenbogen wallender Klänge.

Eine Stille legt sich über das Publikum. Warum sind sie so ruhig? Dann, der Applaus. Unerwartet und laut.

Ich stehe auf und gehe zurück zu meinem Platz, vorbei an

einem Strom aus Husten und Klatschen. Ein paar Kinder schauen mich an. Du spielst wirklich gut, sagen sie. Mein erster öffentlicher Triumph.

5

Ein drückend heißer Tag in Jerusalem. Tessa und ich laufen an den billigen Haushaltswaren- und Kleidergeschäften in der Jaffastraße entlang, den Falafel-Ständen, den Cafés mit voll aufgedrehten Radios. An einer Haltestelle hält ein Bus und ein korpulenter Mann versucht sich ans vordere Ende der Schlange durchzudrängeln, wird aber von wütenden Fahrgästen abgehalten. Ein Streit bricht los und auf der Straße bewegt sich einen Moment lang nichts mehr, bis der Bus schließlich wieder losfährt.

Tessa greift nach meiner Hand. Ich hasse diese Straße, sagt sie. Wir nehmen einen anderen Weg. Komm.

Wir biegen links in eine Seitenstraße mit schönen Steinhäusern, geschnitzten Holztüren und schmiedeeisernen Fenstergittern. Auf einem Balkon hängt eine Frau mit Lockenwicklern ihre Wäsche auf eine Leine.

Siehst du das Haus?, fragt Tessa und zeigt auf die Frau.

Ja.

Es gehörte früher Arabern. Hunderte von ihnen wurden 1948 vertrieben und die Israelis zogen ein. Diese Frau sollte dort nicht wohnen. Es ist falsch.

Ich nicke. Mein Vater hat mir schon davon erzählt. Uns war

ein Haus angeboten worden, das er ablehnte, weil es früher einer arabischen Familie gehört hatte.
Haben die Araber je versucht zurückzukehren?, frage ich. Ihr Haus zurückzuverlangen, meine ich.
Tessa sieht mich abfällig an. Wie sollen sie denn zurückkommen? Glaubst du, die Israelis sagen, klar, warum zieht ihr denn nicht wieder ein, wir lassen euch Schlüssel nachmachen?
Wahrscheinlich eher nicht, antworte ich und spüre, wie ich rot werde.
Sie schaut mich unfreundlich an. Wahrscheinlich wirklich eher nicht.
Sie hält inne und schaut mich wieder an. Kennst du dich ein bisschen mit israelischer Politik aus?
Ein bisschen, murmele ich. Nicht gut.
Wenn ich älter bin, möchte ich in die Politik gehen. Tessas Stimme hat jetzt mehr Wucht, sie spricht erhitzt.
Ich möchte ändern, wie die Menschen zueinanderstehen. Ich möchte Frieden. Was mit den Arabern geschehen ist, war falsch. Ich möchte die Welt besser und gerechter machen. Das ist mein Ziel.

Ich hoffe, das schaffst du, sage ich und spüre eine Mischung aus Ehrfurcht und Verzagtheit angesichts einer solchen Entschlossenheit. Ich habe keine festen Meinungen. Ich weiß nichts über Politik. Ich habe nie darüber nachgedacht, wie ich Frieden schaffen oder die Welt ändern könnte. Wie sollte das gehen? Ich verstehe ja die Welt nicht einmal so, wie sie ist.

Wir gehen in einen Schmuckladen. Tessa stellt mich vor. Dorit, das ist meine Freundin Alba. Sie kommt aus Paris.
Dorit nickt erschöpft. Paris. Fein.
Sie trägt ein Kopftuch und Rouge.
Setz dich her, sagt sie, und klopft auf einen kleinen Stuhl. Und nicht bewegen.
Mit einem Instrument, das aussieht wie eine kleine Pistole, macht sie mir Ohrlöcher und sagt, ich solle sie jeden Abend desinfizieren.
Wir geben ihr Geld und gehen schnell; Tessa hat eine Verabredung mit ihrem Freund Ronnen. Willst du ihn kennenlernen?, fragt sie.
Klar, antworte ich.
Wir laufen zur Ben-Jehuda-Straße. Sie ist voll mit amerikanischen Rucksacktouristen und Studenten. Ein Mann mit langem Haar, einer weißen Bandana und einer Gitarre über der Schulter singt mit geschlossenen Augen einen Song von Neil Young.
Wir sitzen auf weißen Plastikstühlen in einem Café auf dem Bürgersteig. Alle um uns herum rauchen. Israelischer Rock 'n' Roll dröhnt aus dem Innenraum. Tessa singt mit. Ich liebe diesen Song, sagt sie. Wir bestellen Coca-Cola, während sie sich zur Musik bewegt.
Ich starre sie an. Ich wüsste nicht, wie ich mich bewegen sollte, selbst wenn man mich dazu auffordern würde. Ich hab noch viel vor mir, merke ich, als ein gut aussehender israelischer Soldat vor uns stehen bleibt. Er trägt die olivgrüne Standarduniform, schwarze Lederstiefel, das Gewehr hält er hüfthoch.

Hi, sagt er.
Hi, sagt Tessa und wird ein wenig rot. Sie stellt uns einander vor. Ronnen, Alba.
Er setzt sich und legt seinen Arm um Tessa.
Sie fangen an, sich zu unterhalten und ignorieren mich. Tessa spricht fließend Hebräisch, im Gegensatz zu mir.
Ronnen möchte Pilot werden, sagt sie, als er eine Zigarette rausholt.
Das hast du schon erzählt, möchte ich fast sagen. Ihre Gegenwart ist irritierend. Als würde man etwas Verbotenes sehen.
Ronnen zieht an seiner Zigarette und dreht eine Strähne von Tessas langem Haar zwischen seinen Fingern. Sie strahlt ihn an. Er küsst sie auf die Wange, dann in den Nacken.
Hat er sie schon mal nackt gesehen?, frage ich mich.
Ich muss gehen, sage ich, mir wird immer mulmiger.
Nein, warte! Tessa protestiert leise.
Wirklich.
Ich stehe auf und gehe. Es wäre sinnlos, bei ihnen zu bleiben. Sie wollen eindeutig allein sein.
Und ich auch.

Kleine goldene Knöpfe schmücken meine dreizehnjährigen Ohren. Das Tuch über meinem Korsett ist nassgeschwitzt und ich entferne es auf offener Straße, enthülle die rosafarbene Plastikvorrichtung um meinen Hals. Ein paar Leute starren mich an, aber mir ist das egal. Ich habe jetzt Ohrlöcher, also spielt es keine Rolle mehr.

Ich verbringe den Nachmittag im Tagescamp des YMCA hier in der Gegend.
Ich stammele mein Hebräisch und bin froh, dass ich eine neue Freundin kennenlerne, Sarah.

Sie erzählt mir, dass ihre Eltern geschieden sind. Ihre Mutter ist Engländerin und ihr israelischer Vater, den sie nie sieht, lebt in New York.
Ich erzähle Sarah von meiner Familie. Als ich den Namen meines Vaters erwähne, ist sie ganz aufgeregt. Aber der ist doch berühmt!, sagt sie.
Das ist er.

Am Ende des Nachmittags wissen wir alles voneinander, was es zu wissen gibt. Unsere Lieblingsgruppen. Unseren Schwarm in der Schule. Unsere Eltern. Unsere Geschwister. Die Mädchen im Tagescamp, die wir hassen, und die, zu denen wir aufschauen. Ich erzähle ihr von Tessa und wie frühreif sie wirkt. Ich bin mir sicher, sie haben es gemacht, sage ich.
In Israel machen es die Leute früh, erklärt Sarah. Gleich nach der Oberschule müssen wir in die Armee, und wir wissen nie, was als Nächstes kommt. Das ganze Land könnte in die Luft gehen, wer weiß. Also machen wir es früh und heiraten früh. Und dann lassen wir uns auch früh scheiden, fügt sie hinzu, mit einem Hauch von Sarkasmus in der Stimme.
Aha, antworte ich, leicht überwältigt von der Vorstellung, das ganze Land könnte in die Luft gehen.

Morgen sehe ich Ilan, sage ich ihr, spreche dabei sehr schnell. Er ist fünfzehn, der Sohn von Ofer, einem Freund meines Vaters. Ich glaube, ich bin in ihn verliebt.
Sarah nickt ernst. Ich glaube, ich liebe meinen Freund auch. Du wirst ihn kennenlernen, wenn du zu mir nach Hause kommst. Komm doch am nächsten Wochenende zum Übernachten. Ich frage meine Mutter und du deine.

6

Wir sitzen mit Naomi und Charles im Auto, fahren nach Ma'ale Hahamisha, einem Kibbuz westlich von Jerusalem. Mein Vater hat dort fünf Jahre lang gelebt, als er 1944 nach Palästina kam. Die Sonne ist heißer als gewöhnlich, und ich spüre, wie sie durch das offene Fenster meine Schultern verbrennt. Als wir Jerusalem hinter uns lassen, wird die Landschaft schnell bergig, sich hinziehende weiße Felsen, Pinien und Staub.
Noga und ich fangen an zu streiten und mein Vater sagt uns, wir sollen ruhig sein. Charles starrt auf die Straße und sagt nicht viel. Er ist sehr groß, so groß, dass Noga und ich uns auf die Zehenspitzen stellen müssen, um ihn genau sehen zu können. Eckiges Gesicht, kleine Augen, die hinter einer großen Brille versteckt sind, eine weiße Haarmähne.
Charles und Naomi wohnen in einem schönen Haus mit Pool und großem Garten. Sie veranstalten teure Mittagessen, die sich über den ganzen Nachmittag hinstrecken und

zu denen sowohl Kinder als auch Ältere eingeladen sind. Alles in ihrem Haus wirkt leicht und locker.
Mein Vater kannte Naomi schon, als sie beide ganz jung waren, und irgendwie macht die Vergangenheit, die sie vor meiner Zeit teilen, ihre Verbindung zu etwas Besonderem. Ich kann nicht über sie urteilen, genau wie Familienmitglieder waren sie schon immer Teil unseres Lebens. Für mich ist jede Verbindung zur Vergangenheit wertvoll. Aber nicht für meinen Vater.
Als wir uns unserem Ziel nähern, wird er nervös.
Warum sind wir hier? Warum muss ich diese Menschen wiedersehen? Ich habe ihnen nichts zu sagen, hörst du? Nichts.
Du wolltest den Mädchen den Kibbuz zeigen, oder?, sagt meine Mutter mit ihrer tröstenden Stimme.
Ja, vielleicht, grummelt er.
Jedenfalls kommt es mir vertraut vor, sage ich.
Ich erkenne das weiße moderne Gebäude wieder. Wir waren hier schon mal zu Besuch, vor ein paar Jahren.
Wir saßen in der Cafeteria, in der es nach schlechtem Essen roch. Eine freundliche Frau gab mir frischen Karottensaft. Ein paar Leute fingen an, mit mir zu sprechen, als würden sie mich kennen. In Israel, anders als in Frankreich, gereicht es mir zur Ehre, die Tochter meines Vaters zu sein. Ich bin besonders, weil ich seine Tochter bin.
Nur deswegen.
Während sich das Auto die staubige Straße entlangwindet, kommen wir an einem älteren Mann vorbei, der seine Hand zum Gruß hebt.

Kennst du ihn?, fragt Naomi meinen Vater.
Ja, wir waren zusammen im Lager.
Er hatte ein nettes Gesicht, sagt meine Mutter.
Möchtest du ihm nicht Hallo sagen? Mit ihm reden?, rufe ich.
Nein. Warum sollte ich? Alles, was uns verbunden hat, waren das Lager und der Ort hier. Er hat in seinem ganzen Leben noch nie ein Buch gelesen. Er weiß nichts über Kunst. Ich habe ihm nichts zu sagen.
Aber ihr wart zusammen im Lager!, brülle ich. Ist das nicht wahnsinnig viel?
Hörst du endlich auf!, brüllt mein Vater zurück. Manches verstehst du einfach nicht, weil du zu jung bist!
Meine Mutter dreht sich um und schaut mich besorgt an.
Ärger deinen Vater nicht, sagt sie schnell. Nicht hier.
Naomi pflichtet ihr bei. Es ist die Entscheidung deines Vaters. Misch dich da nicht ein.

Ich spüre, wie die Wut in mir kocht. Immer geht es um meinen Vater. Seine Geschichte sitzt zwischen uns wie ein Eindringling, der nie verschwinden wird.
Ich sollte woanders sein. Nicht hier.
Die Hitze erwürgt mich. Die Atmosphäre erwürgt mich.
Eines Tages werde ich gehen.
Ich werde das Gegenteil von dem, was ich bin.

7

Am nächsten Tag gehen wir zum Tee bei den Eltern von Ilan. Ich lasse mein Korsett zu Hause.
Ich male mir ein bisschen schwarzen Kajal um die Augen und betupfe meine Pickel in einem verzweifelten und aussichtslosen Versuch, sie zu verstecken, mit einer rosa Lotion.
Ich trage ein geblümtes Kleid und offene Sandalen, die ich in der Altstadt gekauft habe.
Mein Vater ruft ein Taxi. Meine Mutter drückt meine Hand.
Ich sehe, dass du dir Eyeliner raufgemacht hast, flüstert sie, aber keine Angst, ich sage es deinem Vater nicht.

Danke, flüstere ich zurück.

Wir kommen zu Dafna und Ofer.
Dafna hat einen Rührkuchen gemacht. Ofer raucht im Garten eine dicke Zigarre. Er begrüßt uns überschwänglich und umarmt meine Schwester und mich.
Schöne Mädchen, sagt er zu meiner Mutter.

Ich rolle mit den Augen.

Er legt meinem Vater den Arm um die Schulter und sie beginnen ein Gespräch über seine neueste wissenschaftliche Entdeckung.
Dafna bietet uns Kuchen an und gießt heißes Wasser in eine Teekanne. Sie reicht meiner Mutter eine Tasse.

Dafna ist groß. Großer Busen, große Arme, große Stimme.
Ihr Gesicht jedoch ist schön.
Sie war umwerfend, als sie jung war, erzählt mir mein Vater. Und Ofer auch, erklärt meine Mutter. Sie waren ein sehr schönes Paar.

Etwas Geheimnisvolles liegt in der Dynamik des Alterns. Im Einfangen eines flüchtigen Eindrucks der Vergangenheit auf gealterten Gesichtern. Das Fleisch trägt Spuren. Wie bei Savta.
Ein Grübchen mitten in einer Falte. Ein strahlender Blick. Ein herzliches Lachen. Savta ist würdig gealtert. Pepi auch, trotz ihres Leids. Schmerz ist leichter in einem Wort zu erkennen als in einem Gesicht.

Tee?, fragt uns Dafna.
Keinen Tee. Saft, bitte.

Sie geht in die Küche und kommt mit einer Kanne Saft zurück, gießt meiner Schwester und mir ein Glas ein.
Wie geht es euch, Mädels?, fragt sie mit lauter Stimme.
Gut, uns geht's gut.

Dafna ordnet ihren Rock unter ihrem üppigen Hintern, als sie sich neben meine Mutter auf das Sofa kuschelt. Sie stecken ihre Köpfe zusammen, Dafna murmelt etwas.
Spricht sie über mich? Über Noga? Über Ilan?

Ich knabbere bescheiden an meinem Kuchen und frage mich, wo er ist.
Wo sind die Jungen?, fragt meine Mutter und hält die Teetasse behutsam in der Hand. Sie nippt vorsichtig an ihrem Tee, als würde sie fürchten, die Tasse zu zerbrechen.

Weiß sie es?
Nein. Kann sie nicht.
Ich gieße mir Orangensaft nach und warte auf Dafnas Antwort.
Kann ich auch noch ein bisschen haben?, fragt Noga.
Ich seufze laut und beklage, dass sie nichts allein kann.
Ezer ist in der Armee, sagt Dafna vom anderen Ende des Zimmers. Ilan kommt bald, er hat sich gefreut.

Gefreut.
Auf wen? Auf mich? Auf uns alle?

Ich sehe draußen eine Gestalt, durch das Wohnzimmerfenster. Ilan.
Er sucht nach seinem Schlüssel, dann schließt er die Tür auf und wirft sie ein bisschen zu laut ins Schloss.
Ich spüre, wie mein pochendes Herz den Stoff meines Kleids zerreißt. Ilan tritt ins Zimmer und lächelt uns breit an. Er küsst meine Mutter, dann seine. Er dreht sich zu uns, er ist größer, als ich in Erinnerung hatte, trägt ein weißes T-Shirt, Armeestiefel und zerrissene Jeans. Das dunkle Haar fällt ihm ins Gesicht.
Seine Schönheit tut weh.

Er richtet seine braunen Augen auf mich und lächelt mich mit weißen Zähnen an. Mein Saftglas neigt sich gefährlich gen Boden.
Wie geht es dir, Alba?, fragt er sanft.
Ach, ganz gut.

Er setzt sich neben mich und wir fangen an, uns zu unterhalten. Paris, Jerusalem, Schule. Spielst du noch Klavier?, fragt er.
Ich nicke.
Du könntest mir bei Gelegenheit mal was vorspielen, murmelt er.
Die Worte schmelzen auf seiner Zunge wie Zucker.

Klar, murmele ich.

Mein Bruder spielt Saxofon, er ist echt gut, fährt Ilan fort. Er wurde gefragt, ob er in der Nationalen Jugendband spielen will.

Nationale Jugendband.
Die Worte klingen wie eine Blechtrommel.
Obwohl Noga das wohl anders sieht.
Wow!, ruft sie vom anderen Ende des Zimmers. Er spielt in einer Jugendband!
Ich starre sie kalt an. Halt die Klappe, gebe ich ihr tonlos zu verstehen, als Ilan aufsteht, um sich ein Glas Saft einzugießen. Ich konzentriere mich auf sein Gesicht, seine unglaubliche Ähnlichkeit mit Gary Cooper. Meine ganze Zimmerwand

in Paris hängt voller Bilder mit Gary Cooper. Auch mit Gregory Peck. Und Alain Delon.

Ilan wird mich nie lieben.
Er ist drei Jahre älter als ich. Ein Freund meiner Eltern hat einmal gesagt, dass die Freundinnen vor seiner Tür Schlange stehen.
Ich stelle sie mir vor. Junge Frauen, aufgereiht wie Wäsche auf einer Leine, die warten, von ihm geküsst zu werden.

Er wird mich nie küssen.
Ich existiere für ihn einfach nicht. Ich bin eine pickelige, ungelenke Dreizehnjährige mit Krisselhaar und blasser Haut. Ein hoffnungsloser Fall.

Wenn er nur wüsste!

In der Schule werde ich wegen meines Korsetts und meines ungelenken Aussehens verhöhnt und verspottet, aber auch deswegen, weil ich mich nie wehre. Ich lasse Angriffe beliebig auf mich einprasseln wie Kieselsteine. Der Gedanke, mich zu wehren, lässt mich erstarren. Ich weiß nicht, warum.
Mein Körper ist starr, als würde ich geröntgt. Stillhalten! Nicht atmen!, diktiert ein unsichtbarer Röntgenassistent aus seiner abgeschotteten Kabine.

Wird das jetzt, wo ich älter bin, anders?

Meine Angreiferinnen sind vorwiegend Mädchen. Ein Haufen Mädchen, die sich mit breitem Grinsen auf ihren Gesichtern um mich versammeln. Ich rapple mich schnell wieder auf, wenn sie erst mal weg sind.
Ich weiß, wie das geht mit dem Aufrappeln. Ich bin sehr gut im Verstecken von Gefühlen.
Ich habe Geheimnisse.
1 A Geheimnisse.
Es ist in Ordnung, zu Hause meine Wut zu zeigen.
Aber nicht meinen Schmerz.

In dieser Nacht träume ich von einer leeren Landschaft, bedeckt von weichen Dünen und goldenem Sand. Meilenweit Sand, bar menschlichen Lebens. Die Stille ist ohrenbetäubend.
Eine laute Männerstimme weckt mich. Alba.
Wieder. Alba.
Ich bin mit einem Ruck wach. Niemand ist da.
Ich liege schweißgebadet im Bett. Wer war das? Für einen Traum war es zu laut, für die Wirklichkeit zu unheimlich.
Verliere ich den Verstand? Höre ich Stimmen?
Ich werfe mich die ganze Nacht hin und her, finde aber keine Antwort.

8

Bei Sonnenaufgang fahren wir mit unserem Freund Jaron und seiner Freundin nach Jericho. Jaron ist Kurator am Is-

rael-Museum, und Noga und ich kennen ihn von Geburt an. Er ist ein unverbesserlicher Frauenheld und kleidet sich elegant, raucht rote Marlboro, spricht mehrere Sprachen und erzählt lustige Witze. Seine Freundin Orna ist sehr schüchtern. Sie hat dunkles Haar, einen Pony und blasse, ein wenig schuppige Haut. Sie redet wenig und wenn, dann sehr leise, als hätte sie Angst, gehört zu werden. Meine Mutter behauptet, dass sie viele kluge Sachen zu sagen hat und dass es tragisch ist, dass sie so schüchtern ist.
Ich bin tendenziell anderer Meinung. Ich glaube nicht, dass sie etwas zu sagen hat. Sonst würde sie es sagen.
Das ist nicht so einfach, meint meine Mutter. Manche Menschen sind unsicher. Sie steht in Jarons Schatten.
Warum?
Weil er so ist. Er kontrolliert gerne.
Manchmal auf Kosten anderer, fügt sie hinzu.
Genau wie Abba, wage ich zu sagen.
Abba ist ein guter Mensch, konstatiert meine Mutter.
Und Jaron? Ist er kein guter Mensch?
Sie braucht eine Weile für ihre Antwort. Doch, aber er ist frecher, erklärt sie schließlich.

Noga und ich lieben den frechen Jaron. Einmal nachmittags, als unsere Eltern weg sind, schlägt er uns vor, eine Spritztour durch Jerusalem zu machen. Er fährt in Schlenkern über eine sandige Straße und tut dabei so, als wären wir auf einer Skipiste.
Wir kreischen, tun erschreckt und brechen in Lachen aus. Wir erzählen Witze und machen uns über ihn lustig.

Er zeigt uns Orte, die wir nie zuvor gesehen haben.
Versteckte Straßen und Klöster.
Einen alten römischen Aquädukt.
Auf dem Heimweg kaufen wir Wassereis und lassen den bunten Saft vom Kinn tropfen.
Jaron heißt bei uns Lieblingsonkel.

In der Gegenwart meiner Eltern ist Jaron zurückhaltender. Er hält ein paarmal an, um uns wichtige Sehenswürdigkeiten zu zeigen. Den Winterpalast von Herodes. Das Kloster des Heiligen Georg. Eine Höhle, in der einst byzantinische Mönche lebten.

Ich kurbele das Fenster herunter. Der Wind ist heiß. Jasminduft weht durch die Luft.
Die Straße windet und schlängelt sich hinauf in die Berge von Judäa.

Wir kommen zur Frühstückszeit in Jericho an. Wir halten bei einem Café. Ein Araber mittleren Alters kommt und begrüßt uns.
Wie geht es dir, mein Freund!, ruft er.
Jaron antwortet ihm in fließendem Arabisch.

Er stellt uns vor. Mustafa winkt begeistert mit den Armen, wir sollen uns hinsetzen.
Er bringt uns Orangensaft, türkischen Kaffee für die Erwachsenen, Hummus und Laban für alle.

Wir tunken das warme Pita in den Hummus, im Hintergrund läuft arabische Musik. Ein alter Mann raucht draußen Wasserpfeife.
Die Sonne steigt höher, brennt auf meinen nackten Schultern. Ich schließe die Augen. Ich spüre, wie die Hitze und der Staub sich regen. Der Rest vom Wind der letzten Nacht.
Eine Biene surrt um mich herum, hartnäckig.
Jaron verjagt sie.
Zurück mit dir zu deiner Mutter, sagt er zu der Biene.
Wir lachen.

Mustafa schaut mich und meine Schwester an. Und meine Mutter.
Blasse Mädchen, weiße Haut, sagt er zu ihr und zeigt nach oben.

Blasse Mädchen.

Nach dem Frühstück fragt uns ein Junge, ob wir gern unsere Schuhe geputzt hätten.
Jaron möchte.

Der junge Mann beugt sich hinunter und putzt sie flink mit einem Tuch. Er trägt Schuhcreme auf und spuckt drauf, Jaron raucht eine Zigarette.
Ich schaue zu, bin fasziniert.
Als er fertig ist, glänzen Jarons Schuhe wie Spiegel.
Kommt, sagt er. Er gibt dem Jungen einen zerknitterten Geldschein und tritt mit dem Fuß die Zigarette aus.

Wir drängen uns wieder ins Auto und fahren in die staubige Sonne von Jericho.

9

Ich verbringe ein Wochenende bei Sarah in den Bergen vor Jerusalem. Ich sage meiner Mutter, dass ich mein Korsett nicht mitnehmen kann. Dieses Mal nicht, sage ich. Ich möchte dort nicht mit meinem Korsett übernachten. Sie ist meine erste israelische Freundin, füge ich hinzu, um ihrer zionistischen Ader Futter zu geben.
Gut. Meine Mutter gibt nach.

Ich lerne Sarahs Freund kennen und einen Freund von ihm, der mich hinten auf seinem Motorrad mitnimmt.
Wir rennen über die Berge und springen durchs Gebüsch.
Mein Körper ist frei und geschmeidig.
Wir springen in einen Brunnen, das hauptsächliche Wasserreservoir des hiesigen Kibbuz.
Kopf runter, wird mir gesagt. Wenn die uns schnappen, sind wir tot.

Ich bin begeistert.

Sarah und ihr Freund küssen sich am Straßenrand. Sein Freund schaut mich an.

Ich schaue weg.

Sarahs Mutter kocht für uns *canard à l'orange* und ihr britischer Stiefvater, Verleger einer Zeitschrift, stellt mir Fragen über meine Familie. Abends liegen wir im Bett und unterhalten uns über unsere Zukunft. Über unsere jeweiligen Schulen und über Sarahs Freund. Ich nehme die Pille, wenn ich fünfzehn werde, verkündet sie ernst. Aber wenn meine Mutter das rauskriegt, wirft sie mich raus. Die Pille? Mit fünfzehn?
Ich weiß nicht so recht, was ich sagen soll. Ich habe keinen Freund und ich habe nicht vor, die Pille zu nehmen.
Ich habe einen Jungen geküsst, S., bei einer Schulparty. Wir haben uns beim Bluestanzen zu einem Song von den *Eagles* geküsst, *Hotel California*. Als das Lied vorbei war, brachte er mich zu einem Stuhl und ließ mich sitzen, bis es Zeit war, nach Hause zu gehen.

Nach S. kam Bruno, ein rothaariger Junge, der auf dem Boulevard Raspail wohnte. Er wirbelte seine Zunge in meinem Mund herum und ich habe mich gefragt, ob er der Richtige ist.
Wir saßen auf einer Parkbank im Jardin du Luxembourg und küssten uns stundenlang, Herbstlaub raschelte unter unseren Füßen.
Dann zündeten wir meine erste Zigarette an und ich tat so, als wüsste ich über alles Bescheid, bis der Parkwächter mit seiner Trillerpfeife kam und uns anwies zu gehen.
Raus, oder ihr werdet die Nacht auf der Parkbank verbrin-

gen, warnte er uns. Wir folgten dem Wächter und seiner Schirmmütze durch die hohen schwarzen Eisentore, während er unaufhörlich auf seiner Pfeife pfiff.

Bruno küsste mich auf der Straße.

Ich ruf dich an, sagte er.

IV

I

Ich sitze mit meinem Vater in einem Café auf dem Boulevard de Port Royal. Ich bin vierzehn. Zu meinem Geburtstag habe ich neue Klaviernoten bekommen und durfte mir was zum Anziehen kaufen.

Es ist ein schöner Frühlingstag und die Terrasse ist voll mit Studenten und Stammgästen, Paaren und älteren Leuten, die sich in den Ecken des Cafés an die vergilbten Wände drängeln.

Mein Vater ist unruhig; er hasst Cafés.

Schau, all die dummen Raucher, sagt er und zeigt in alle Richtungen. Sie merken nicht, was sie sich antun. Sie bringen sich um, diese Idioten. Bringen sich um.

Ja, Abba, murmele ich.

Ein Mann, der Zeitung liest, sieht zu mir herüber und lächelt. Vor ihm liegt eine Schachtel Zigaretten. Er nimmt einen Schluck Kaffee aus einer weißen Espressotasse.

Jemand steckt ein paar Münzen in die Jukebox. *Cocaine* ertönt und füllt das Café mit der Stimme von Eric Clapton.

Schrecklich, sagt mein Vater und rührt seinen Salat nicht an. Zigaretten und nun diese Barbarenmusik? Komm, wir gehen.

Ich habe noch eine halbe Stunde bis zu meinem Französischunterricht, sage ich ihm und mache mich an mein *steak-frites*. Und wir wollten doch reden.

Ja, ich weiß …
Es geht um mein Geschichtsprojekt …
Jaja, ich weiß. Du willst was über den Krieg wissen. Aber warum hier? Warum an so einem Ort? Warum nicht zu Hause?
Ich weiß nicht … Ich glaube, ich wollte es woanders machen, wo wir ungestört sind.
Mein Vater lacht auf. Ungestört. Und hier ist es ruhiger, hm?
Er schaut mich durch seine Brille an und nimmt mich ins Visier. Da ist etwas blau Glitzerndes auf deinen Lidern. Was ist das?
Ich seufze verärgert. Das ist Lidschatten. Ich bin vierzehn, Abba. Und ja, ich habe ein kleines bisschen Lidschatten drauf.
Er ist sprachlos. Und er kennt nicht einmal die halbe Wahrheit.
Den knallroten Lippenstift, den ich auf der Straße draufmache. Die Netzstrümpfe unter meiner Hose. Den Minirock, den ich in die Schulmappe stopfe. Die Zigaretten in meiner Reißverschlusstasche. Den Kaugummi, damit es nicht riecht. Den Freund, den ich auf dem Gang in der Schule küsse und mit dem ich bei ihm zu Hause rummache, wenn sein Vater weg ist. Das grüne Haar, das ich mir kürzlich abends abschneiden musste, weil ich die Farbe nicht wieder rausbekommen habe. Die Musik, die ich unter meinem Bett verstecke. Telephone, eine französische Band. The Clash, die Pretenders, The Cure, Pink Floyd. Und noch andere: Joni Mitchell, die Rolling Stones, Neil Young. Ich höre

sie, wenn alle schlafen. Verbotene Musik ist das. So mache ich die Regeln.

Also, was willst du wissen?
Czernowitz. Fang mit Czernowitz an.
Er schenkt sich ein Glas Wasser ein.
Wir sind 1940 nach Czernowitz gekommen, aus Radautz.
Woher?
Aus der Bukowina. Österreich-Ungarn. Wir mussten flüchten, nachdem es von den Deutschen annektiert worden war. Mein Vater war ein kommunistischer Jude. Ein Zionist. Keine gute Kombination für die Deutschen, den Sowjets war es egal. Sie gaben uns das Haus in Czernowitz.
Erinnerst du dich daran? An Czernowitz, meine ich?
Natürlich. Es war eine Stadt von Intellektuellen. Geistig anspruchsvoll. Wir lebten in einer Villa. Ein schönes Haus.
Waren deine Eltern reich?
Mein Vater lächelt. Meine Mutter war eine Bürgerliche. Sie kam aus einer renommierten Familie. Bevor sie meinen Vater kennenlernte, hatte sie sich in einen Regenschirmfabrikanten verguckt, einen reichen Mann aus Bukarest. Ihre Eltern waren hocherfreut. Dann traf sie meinen Vater, einen mittellosen Intellektuellen, der zehn Sprachen sprach. Sie entschied sich, stattdessen ihn zu heiraten. Meine Großeltern fanden das gar nicht gut. Sie sagten, Karl sei zu intellektuell. Dass er die falschen Werte vermitteln würde. Dass Wissen nicht das Entscheidende sei, sondern Geld für den Lebensunterhalt.
Und die Familie deines Vaters?

Mein Vater hält inne. Er hatte zwei Brüder. Einer von ihnen hatte die größte Apotheke in Czernowitz. Er war ein angesehener Mann. Eines Tages wurde er deportiert. Die Russen sagten, er wäre ein Kulak, deswegen. Das heißt, dass er andere ausbeutete. Mein Vater ging zum NKWD und versuchte ihn zu retten.
Ich bin seit 1912 Kommunist, sagte Karl. Bitte lasst meinen Bruder frei.
Aber die Männer vom NKWD sagten, wenn er nicht aufhören würde zu insistieren, würden sie ihn auch abholen lassen, genau wie seinen Bruder.
Was war der NKWD?
Der Geheimdienst. Später wurde daraus der KGB.
Irgendwann danach fanden wir heraus, dass sich mein Onkel zusammen mit seiner Frau das Leben genommen hat, im Gulag.
Sie hinterließen eine vierjährige Tochter, die von einer Familie in Russland adoptiert wurde. Sie weiß nichts über ihre Vergangenheit. Nichts über ihre jüdischen Wurzeln. Nichts über uns.
Hat je jemand versucht, sie zu finden?
Mein Vater schüttelt den Kopf. Nein. Nicht, dass ich wüsste.

Ich versuche mir vorzustellen, wie das kleine Mädchen wohl ausgesehen haben mag. Wo sie wohl heute lebt.
Ich stelle mir ihre Kinder vor. Sie leben in Wladiwostok. Oder vielleicht weiter westlich, in der Ukraine. Sie wissen nichts über ihre Vorfahren. Über ihre Cousinen in Paris.
Oder vielleicht hatte diese Frau keine Kinder und ist vor

langer Zeit gestorben, irgendwo in einer Kleinstadt in der Nähe von Kirow.
Diese Frau, meine Cousine.

Und der andere Bruder? Was ist mit ihm?
Er ist nach Amerika gegangen. Er hatte dort einen Souvenirshop auf dem Broadway, in New York.
Ach ja? Warum habe ich ihn noch nie getroffen?
Er ist gestorben. Er hatte keine Kinder.

Wir sprechen dann weiter über den Geigenunterricht meines Vaters.
Ich erinnere mich immer noch an meinen Lehrer, sagt er. Ein hochgewachsener Mann, der Kontrabassist im Stadtorchester war.
Eins zweije, wiederholte er, immer wieder.
Eins zweije.

Außerdem gab es den Unterricht, den sein eigener Vater in ihn reinpaukte. Unterricht tagein, tagaus. Die *Ilias*, chinesische Geschichte, französische und italienische Malerei. Die Geschichte Napoleons, die zu einer lebenslangen Leidenschaft wurde. Eine Briefmarkensammlung, die sein Stolz und seine Freude war.

Der Sohn sollte werden, was der Vater nie war.

Du musst lernen.
Nicht spielen.

Lernen.
Nicht spielen.

Vielleicht zu viel Unterricht?
Nein. Ganz bestimmt nicht. Zu viel Unterricht, das gibt es gar nicht.
Wenn du meinst.
Was willst du damit sagen?
Nichts. Erzähl weiter.

Mein Vater hält sich die Ohren zu. Nimmt die Hände weg. Hält sie wieder drauf. Aus der Jukebox tönt jetzt *You ain't nothing but a hound dog …*
Das macht mich wahnsinnig, murmelt er. Wie kann meine eigene Tochter solch schrecklichen Lärm mögen?
Was für Musik wurde bei euch zu Hause gehört? Ich frage, um das Gespräch in eine andere Richtung zu lenken.
Es gibt nur eine Art von Musik, erwidert er.
Ich seufze. Was wurde aus deiner Geige?
Ich habe sie zusammen mit meiner Briefmarkensammlung in Radautz gelassen, als wir fliehen mussten.

Die Zeit hängt irgendwo zwischen seinen Worten und dem Treiben um uns herum. Zwischen dem Himmel über unseren Köpfen und den unangetasteten Salatblättern auf dem Teller meines Vaters. Zwischen dem, was damals war und was jetzt ist. Dem Mann am Nebentisch mit der weißen Espressotasse in der Hand. Dem Elvis-Presley-Song.

Der Stadt Czernowitz 1941. Der Geige und der Briefmarkensammlung, die mein Vater zurückgelassen hat. Meinen Teenagersorgen. Meinem Großonkel, dem Apotheker. Dem neonblauen Lidschatten, den ich mir kürzlich in der Kosmetikabteilung des Monoprix Supermarkts gekauft habe.

Ich weiß, wie unvereinbar die Erinnerungen meines Vater mit meiner Realität sind. Wie man die Geschichte dem tatsächlichen Leben anpassen kann. Wie man Balance hält, ohne dem Schmerz in die Falle zu gehen. Denn das ist es schlussendlich, worum es geht. Die Fähigkeit, Schmerz in Erdulden zu verwandeln.

Ein Junge, den ich aus der Schule kenne, kommt und setzt sich ein paar Tische weiter hin. Er heißt Olivier. Er trägt ein Tuch um den Hals und Cowboystiefel. Ich bin leicht in ihn verknallt, besonders, seitdem ich ihn auf einer Schulparty Gitarre spielen gehört habe.
Plötzlich ist es mir peinlich, hier mit meinem Vater gesehen zu werden.

Ich bin in eine sowjetische Schule gegangen, fährt mein Vater fort und ignoriert meine erhitzten Wangen.
Oberschule Nr. 5 hieß sie. Wir lasen die *Prawda*, jeden Morgen eine Stunde Lektüre. Er hält inne.
Hörst du zu? Du wirkst abgelenkt.
Ja, ja, klar hör ich zu.
Man gab uns ein Bild von Stalin, das wir über unser Bett hängen sollten. Aber ein Oberst der russischen Armee, ein

Freund meines Vaters, sagte, ich solle es nicht aufhängen. Lies stattdessen das hier, sagte er und gab mir die Offenbarung des Johannes. Hör nicht auf Machthaber.
Er ging ein großes Risiko ein, dieser Mann. Aber er wusste, und wir wussten, dass etwas nicht stimmte. Dass die Welt da draußen langsam auseinanderfiel. Er sagte, wir sollten mit ihm nach Russland kommen. Morgen würde ein Zug fahren, sagte er. Kommt mit. Das ist eure Chance zu fliehen.
Die Juden müssen zusammenhalten, hat mein Vater geantwortet. Wir bleiben.
So fuhr der russische Kommissar allein. Der Zug wurde bombardiert und er starb in den Trümmern.
Mein Vater kaut auf einem Salatblatt herum und legt Gabel und Messer nebeneinander auf den Teller. Ich kann das nicht essen.
Ich zucke mit den Schultern.
Er räuspert sich.
Ich ragte in der Schule durch meine Leistungen heraus, besonders in Kunst. Die Behörde entschied, mich auf eine Kunstschule nach Moskau zu schicken. Doch ich bekam Scharlach. Als ich wieder gesund war, war Deutschland in die UdSSR einmarschiert.
Er hält inne. Hätte ich keinen Scharlach bekommen, wäre ich heute ein russischer Künstler.

Der Kellner bringt meinem Vater die Rechnung. Wir reden zu Hause weiter, sagt er.
Er legt seine Hand auf meinen Kopf. Ich erinnere mich an noch etwas, sagt er.

Ja?
In der Herrengasse in Czernowitz gab es einen Laden, der hieß Posudik. Wir kauften da Schinken. Und Suchard-Schokolade. Und vieles andere. Eine elegante Straße war die Herrengasse. Ein bisschen wie die Rue du Faubourg Saint-Honoré.
Klingt nett.
Ich gehe jetzt nach Hause.
Tschüss, Abba.
Er geht los, langsam.
Ich nehme meine Schulmappe und höre, wie Mick Jaggers *Angie* aus der Café-Jukebox erklingt. Olivier ist nicht mehr allein. Ein Mädchen, das ich noch nie gesehen habe, sitzt bei ihm. Sie wirft ihr rotes Haar zurück, als sie mit ihm spricht.

Ich denke an meine Großmutter und meinen Großvater, den ich nicht gekannt habe. An meinen Vater als kleinen Jungen, und die Suchard-Schokolade bei Posudik.

Ich hätte Russin sein können. Ich hätte Natascha heißen können wie die Heldin in *Krieg und Frieden*. Ich hätte im heutigen Moskau leben und russische Rockmusik hören können. Ich hätte Jeans auf dem Schwarzmarkt kaufen können und Silvester 1981 mit einem Freund feiern können, der dem jungen Wladimir Majakowski ähnelt.
Mein futuristischer Dichter-Held.

Ich hätte viel sein können, was ich nicht bin.

Als ich sicher bin, dass mein Vater außer Sichtweite ist, öffne ich meine Tasche und ziehe eine rote Marlboro aus der Schachtel.
Ich bleibe neben einem Baum stehen, um sie anzuzünden.
Ein Sonnenstrahl fällt gelb auf die Blätter. Unter meinen Füßen ein kurzer Schatten.
Mein eigener.

2

Zwei Fotos stehen am Rand des überquellenden Bücherregals meines Vaters.
Auf einem ist er als Kind, mit seinem Vater und seiner Schwester, zu Besuch in der Herrengasse in Czernowitz, 1932. Es ist Winter, und alle drei tragen Pelzmäntel und Mützen.
Das andere Foto ist ein Familienportrait aus dem Jahr 1939.
Mein Großvater Karl hat ein eckiges Gesicht und ernste Augen. Er steht mit weißem Hemd, Anzug und Krawatte hinter seiner Frau. Pepi sitzt gesittet da, die Hände liegen brav überkreuzt auf ihrem Schoß. Auf dem schwarzen Kleid steckt eine Brosche und ihr Haar ist ordentlich zurückgekämmt. Elena steht links von ihr, in einer ordentlichen weißen Schürze, ein Seitenscheitel teilt ihr langes Haar. Sie ist fünfzehn und lächelt breit in die Kamera.
Mein Vater, der zehn ist und viel jünger wirkt, steht zwischen den Eltern, er trägt knielange Hosen aus Flanell, ein weißes Hemd und Krawatte, ein einreihiges Jackett mit

drei goldenen Knöpfen. Er trägt eine runde Brille und wirkt nachdenklich.

Auf dem Foto herrscht eine Atmosphäre stiller Förmlichkeit, erkennbar an ihrer allgemeinen Haltung, aber auch an dem familiären Hintergrund (ein gerahmtes Foto hängt an der Wand – ihrer Wand? – der feudale Polstersessel, auf dem meine Großmutter sitzt). Was hat der Fotograf gesehen, als er das Foto machte? Das frage ich mich. Hat er die steife Körpersprache zwischen Pepi und ihrem Mann bemerkt? Die unbekümmerten Gesten von Elena? Erkannte er hinter den dicken Brillengläsern meines Vaters ein begabtes Kind? Vielleicht war er nur auf ihren Blick konzentriert. Auf ihre tadellose Kleidung. Ihre Kleidung an jenem Tag. Ich rieche geradezu die Seife, die sie benutzt haben, bevor sie ihre feinsten Kleider anzogen. Das französische Parfum, das meine Großmutter auf ihre Handgelenke getupft hat. Die Pomade, die Elena in ihr gewelltes Haar gemacht hat. Die Schuhcreme, die Karl für seine Schuhe benutzt hat.

Der Fotograf kann unmöglich gewusst haben, dass innerhalb von zwei Jahren ebenjene Menschen, die er fotografierte, dreckverschmiert und verlaust sein würden. Dass sie sich in einem Konzentrationslager in Rumänien mit Typhus infizieren würden.
Dass sie bei Temperaturen unter null um ihr Leben kämpfen und dass ihre Füße zu Eis würden.
Dass sie, zusammen mit vielen anderen, ihres Menschseins beraubt sein, doch den Verlust ihrer Würde für sich behal-

ten würden. Denn ist die Würde erst mal verloren, gibt es kein Zurück.

Du musst stark und widerstandsfähig sein.
Du darfst nicht fallen.

3

Pepi hatte drei Brüder. Einer von ihnen lebte in einer palastartigen Villa in Bukarest. Als Elena sechzehn wurde, gab Dori für sie einen Ball.
Dori Korn war wie seine Brüder ein reicher Industrieller. Als Waffenhersteller belieferte er die rumänische Armee mit Säbeln und hatte wohl Verbindungen nach ganz oben. In den 1930ern machte Dori mit seiner Frau eine Weltreise. Er schickte Postkarten von entlegenen Kontinenten. Die Briefmarken wurden ordnungsgemäß in die Briefmarkensammlung meines Vaters aufgenommen. Bei Kriegsausbruch halfen Doris Verbindungen ihm, von Rumänien nach Palästina zu kommen. Die Brüder folgten seinem Beispiel. Isio ging nach Italien. Manfred nach Amerika. Josi nach Brasilien. Pepi schaffte es nicht, das Land zu verlassen, weil sie mit Karl verheiratet war.
Wer würde schon Privilegien auf einen Mann wie Karl übertragen wollen? Es hieß, er sei Mitglied einer zionistisch-kommunistischen Organisation. Als der russisch-finnische Krieg ausbrach, erklärte er, er sei mit dem Herzen für die Finnen, aber mit dem Kopf für die Russen.

Er hatte die Buchhalterei aufgegeben, um sich ein wenig mit Chemie und ätherischen Ölen zu befassen.
Mit ätherischen Ölen?

Josi ließ sich in São Paulo nieder. Er gründete eine eigene Investitionsbank und heiratete Lucia. Gemeinsam hatten sie zwei Töchter, Rafaella und Anna. Anna ist drei Jahre älter als ich. Mit achtzehn zog sie nach Paris. Sie studierte Kunstgeschichte an der École du Louvre, dann verschwand sie.
Wie sieht sie aus?

So.
Dunkles, gewelltes, langes Haar, volle Lippen, braune Augen, mandelförmig, wie die ihres Vaters. Sie ist groß und sportlich, hat ein unbeschwertes Selbstbewusstsein, das von ihrer Herkunft rührt und daher, dass es ihr nie an etwas fehlte. Nicht wie bei mir. Oder meiner Familie. Nichts ist unbeschwert an meiner Erziehung und mir fehlt alles. Ständig. Nicht weil meine Eltern arm sind, sondern weil alles, was die anderen haben, verlockender scheint als das, was ich habe.
Josi und Lucia Korn waren anders als wir. So anders, dass sie nie versucht haben, Kontakt zu meinem Vater aufzunehmen, genau wie andersherum.
Ich habe diesen Bourgeoisen nichts zu sagen, sagte mein Vater. Was verstehen sie von Malerei? Von Musik?
Es geht nicht um sie, Schatz, antwortete meine Mutter ruhig. Es geht um ihre Tochter. Für die Mädchen wäre es schön, sie kennenzulernen. Schließlich ist sie ihre Cousine.

Meine Mutter versuchte, Anna zu finden. Sie rief Pepi an, die behauptete, schon vor vielen Jahren den Kontakt zu Josi verloren zu haben. Er hat sich mir gegenüber unschön verhalten, sagte sie. Er hat mich vergessen, als er diese furchtbare Frau heiratete.

Ich schaute ins Telefonbuch und rief bei der Auskunft an. Nichts.
Ein paarmal ging ich zur École du Louvre und stand vor dem Eingang, in der Hoffnung, eine dunklere Version meiner selbst zu sehen. Ein Strom modischer Studentinnen zog vorbei, aber keine, die Anna Korn hätte sein können. Oder zumindest keine, die meinem Bild von Anna Korn entsprach. Als ich ins Zulassungsbüro ging und nach ihr fragte, sagte mir eine Frau mit ernstem Blick und strengem grauen Dutt, dass sie derartige Informationen nicht herausgäben. Dass persönliche Angaben nicht umsonst persönlich genannt würden.

Also gab ich schließlich auf.
Ich stelle mir Anna in Paris vor. Sie lebt im Marais, in der Rue de Sevigné.
Sie jammert über das Pariser Wetter und vermisst ihre Heimat. Doch sie hat Paris lieb gewonnen. Ihre Familie kommt sie ein paarmal besuchen. Josi bietet ihr an, eine größere Wohnung zu kaufen.
Sie lehnt ab.
Du Dickkopf, sagt er.
Abends macht sich Anna schick und geht in Clubs. Mit ei-

nigen Männern hat sie Affären und verliebt sich dann in einen libanesischen Caterer, Joussef. Er hat grüne Augen und dunkle Haut. Er kommt aus Beirut und kocht ihr in seinem Apartment in der Rue des Martyrs Abendessen.

Anna ist hingerissen. Ihre Eltern nicht.

Das ist kein Mann für dich, sagt Josi.

Aber ich liebe ihn, sagt sie zu ihrem Vater.

Ich nicht, erwidert er.

Schließlich trennen sie sich. Sie ertränkt ihren Kummer im Club Les Bains Douche. Wir hätten uns dort über den Weg laufen können. Wir hätten nebeneinander tanzen können, Anna mit ihrem langen dunklen Haar und dem perfekten, durchtrainierten Körper, ich mit meinem dicken Kraushaar und den schlaksigen Beinen.

Wir hätten zu Grace Jones tanzen können und den Talking Heads und Serge Gainsbourg. Wir hätten ein paar Worte gewechselt, vielleicht hätte sie mich um eine Zigarette gebeten. Beim Wegblasen des Rauchs hätten wir unmöglich ahnen können, dass wir Erbmasse teilen. Dass unser gemeinsamer Stammbaum weit über die dröhnende Musik und die Lichtorgeln des Bains Douche hinausreicht bis in die Straßen der Bukowina, bevor die deutschen Panzer einrollten.

4

Willst du mehr wissen?

Ja.

Okay.

Ich höre zu.
Jetzt nicht. Henri und Martine kommen zum Tee. Wir können uns unterhalten, wenn sie wieder weg sind.

Wir sitzen im Wohnzimmer, umgeben von Büchern und Zeichnungen. An einem Winternachmittag.
Das Telefon klingelt.
Ich gehe ran. Es ist Susanna, eine exzentrische und schöne New Yorker Kunstkritikerin, die Noga und ich kennen, seit wir auf der Welt sind. Sie war einmal mit einem berühmten amerikanischen Pop-Art-Künstler verheiratet. Nach einer Reihe von Liebschaften heiratete sie einen Musikproduzenten. Der Produzent fing irgendwann an zu trinken und Susanna wurde kaufsüchtig.

In ihrer Freizeit schreibt Susanna maßgebliche Bücher und Artikel über die Kunstwelt. Sie lebt zwischen Paris und New York, wo ihr gutes Auge für Immobilien ihr ein ständiges Einkommen garantiert.

Für alle Fälle.

Ihre Kinder sind beide im Internat und nennen ihre Mutter beim Vornamen, wenn sie sie gelegentlich besucht.

Ich bin mit Susannas Tochter Tracy befreundet. Sie ist drei Jahre älter als ich, ich kenne kein Mädchen, das in ihrem Alter so unabhängig ist. Wenn sie nicht im Internat ist, wohnt sie bei ihrem Vater, dem Pop-Art-Künstler, in einem großen Loft in Manhattan, in dem er mit neuer Frau und Kindern lebt.

Vor ein paar Monaten kam Tracy zu uns nach Paris. Sie war fünfzehn, sah aber aus wie achtzehn. Sie brachte mir eine Donna-Summer-Platte mit und wir haben sie in meinem Zimmer angehört. Als mein Vater die Musik bemerkte, war er entsetzt.
Wie kannst du solch barbarischen Müll hören?, fragte er.
Tracy lachte.
Mich schauderte.
Dein Vater sollte mal sehen, was bei uns in den Schlafsälen los ist, grinste sie. Er würde sich bestens amüsieren …
Was ist denn da los?
Sie schaute mich an. Alles Mögliche. Das willst du echt nicht wissen, glaub mir.
Doch!
Okay. Ich erzähl dir die abgespeckte Version. Ich will nicht, dass du Ärger mit deinen Eltern kriegst.
Warum sollten meine Eltern was davon mitkriegen?
Echt mal, warum …

Sie erzählte mir von ihren diversen Freunden im Internat. Von Sex und Drogen. Von der Rivalität unter einigen ihrer Freundinnen. Von einem älteren Mann in New York, den sie kannte, ein verheirateter Mann. Wir haben ne geheime Affäre, sagte sie.
Ich war beides, geschockt und beeindruckt. Aber beides ließ ich mir nicht anmerken.

Tracy hatte Lippenstift, zerfetzte Jeans und rauchte auf meinem Balkon eine Zigarette.
Ich hätte mich das nie getraut.
Wusste ihre Mutter, was ihre Tochter so trieb?, fragte ich mich.
Hätte es sie überhaupt interessiert?

Komm doch morgen zum Abendessen vorbei, sagt mein Vater zu Susanna. Aber komm nicht zu spät, setzt er hinterher.

Susanna ist nie pünktlich.

Ich will im Sommer nach New York, allein. Ich will zu Tracy und zu den Manns, Musikerfreunden meiner Eltern. Sie sagten, sie würden sich um mich kümmern.
Meine Eltern wollen darüber nachdenken.

Ja.
Bitte, ja.

5

Mein Vater kommt von weit her.
Ich kann es nicht sehen oder erklären, aber ich spüre es. An diesem Ort gibt es Worte für Dinge, die nicht mehr existieren.
Irgendwie haben Spuren davon es geschafft, in mein Be-

wusstsein zu sickern. Es ist Teil meines Fundaments geworden, wie Mörtel bei einem im Bau befindlichen Haus. Beinahe schmecke ich die Atmosphäre auf meiner Zungenspitze.
Wenn mein Vater geht, wird mit ihm jene Atmosphäre verschwinden.
Werden mit mir die Reste verschwinden?
Wann wird mein Haus komplett sein?
Ich frage mich, ob man das selbst jemals weiß?

6

Meine Eltern streiten sich abends. Ich kann nicht hören, was mein Vater zu meiner Mutter sagt, aber ich spüre, wie sie zittert, fast als würde ich mit ihr im Raum stehen.
Seine Stimme ist laut und donnert. Ihre ist gedämpft und kaum zu hören. Hör auf!, höre ich sie hastig flüstern. Du weckst die Mädchen.
Er brüllt wieder. Dann ein lautes Geräusch, wie eine schlagende Tür.
Ich verstecke mich unter dem Kissen.
Ich will nichts wissen.

7

Der Fotograf Henri Cartier-Bresson hat durchdringende blaue Augen und ein kindliches Lachen; es ist schwer, nicht mit ihm warm zu werden. Henri nennt sich selbst einen Anarchisten und sagt, dass er gern auf dem Fußboden schläft. Er hat die ganze Welt bereist und erzählt oft von seinen Abenteuern. Welche Menschen er kannte und welche nicht. Welche Gesichter ihn inspirierten. Ich wusste nie, wann ich ein Foto machen würde, sagte er. Es geht nicht ums Wissen, sondern ums Sehen.

Einmal sagte ich zu meinem Vater, dass mir Henris Fotos etwas auf eine Art sagen würden, wie es Sams Stücke nicht täten.
Weil du zu jung bist, sagte mein Vater.
Für mich hängt die Kraft der Schönheit nicht mit dem Verstand zusammen. Sondern mit Gefühl und Wahrheit.
Die Wahrheit meines Vaters ist nicht meine. Und auch meine Wahrheit ist nicht die von jemand anders, obwohl ich das schön fände. Manchmal.

Noga und ich setzen uns zu Henri und Martine. Wir trinken Tee und essen Schokoladenkekse.
Letzten Sommer haben wir ein paar Tage bei ihnen auf dem Land im Luberon verbracht. Leute kamen und gingen. Maler, Schriftsteller und eine elegante Frau aus New York. Das Abendessen wurde im Freien serviert. Wir sahen die Sonne hinter den Alpillen untergehen.
Die Erwachsenen tranken Wein und sprachen über Malerei und Politik. Über Buddhismus und Indien.
Am nächsten Morgen machten wir eine Wanderung in den Bergen. Martine und ich unterhielten uns über die Schule.

Sie hatte so eine sanfte Art an sich, die mir ein Gefühl von Sicherheit gab.

Ich riskiere ein paar Gedanken über Fotografie. Henri hört zu. Ich mag Fotografie. Kertesz. Capa. Brassai. Izis. Und natürlich ihn, Henri. Aber das sage ich ihm selbstverständlich nicht.
Mein Vater macht mir Vorhaltungen. Wie oft habe ich dir gesagt, dass du nicht dazwischenreden sollst?
Ich stehe auf und gehe aus dem Zimmer.
Komm zurück!, höre ich.
Ich komme nicht.

Später nimmt mich mein Vater zur Seite.
Hast du uns gestern Abend streiten gehört?, fragt er.
Ich nicke.
Ich war wütend, sagt er. Es tut mir sehr leid. Deine Mutter macht mich manchmal so wahnsinnig, dass ich nicht weiß, was ich tun soll …
Er sieht verzweifelt aus, als würde sein Gesicht in eine Pfütze von Trauer zerschmelzen.
Ich werde nicht mehr brüllen, verspricht er.

8

Mein Vater schreitet im Wohnzimmer umher. Henri und Martine sind gegangen. Meine Mutter ist zu einem Termin gerast und Noga macht Hausaufgaben.

Ich erzähle dir von 1941, sagt mein Vater.
Ich höre zu.

Im Oktober 1941 wurden die Juden von Czernowitz aufgefordert, sich auf dem Marktplatz zu versammeln. Bringt einen Koffer pro Person mit, wurde ihnen gesagt.
Meine Mutter, meine Schwester und ich packten das Nötigste. Karl aber packte stattdessen dreißig Fläschchen mit ätherischen Ölen in einen schönen schwarzen Aktenkoffer.
Ich war sehr aufgeregt. Wo fahren wir denn hin?, fragte ich immer wieder. Verreisen wir? Ich war gerade zwölf geworden.
Mein Vater hält inne. Kannst du dir vorstellen, dass ich mich auf so etwas dermaßen gefreut habe?
Nein. Ja. Nein. Erzähl weiter.

Die rumänischen und deutschen Soldaten trugen *Reithosen*. Sie trieben uns in einen Viehwaggon. Protestierte jemand, wurde losgeprügelt.
Die Türen schlossen sich hinter uns. Achtzig bis hundert Menschen in einem Waggon. Wir wussten nicht, ob Tag oder Nacht war.
Wir fuhren gen Osten, hieß es. Immer gen Osten.
Die Waggons hielten schließlich irgendwo zwischen den Flüssen Dnister und Bug in der Ukraine. Tagelang mussten wir durch Schlamm, Graupel und Schnee laufen. Die Jahreszeit wurde härter und so auch die Erde unter unseren Füßen. Als wir in Bessarabien in Lutschinez ankamen, war

die Temperatur auf minus 40 Grad gefallen. Der kälteste Winter des Jahrhunderts.

Wir lebten in einer kümmerlichen Hütte auf dem Marktplatz, zusammen mit Frau Feinstein. Vormals eine elegante Frau, die einen wöchentlichen Salon in Czernowitz unterhalten hatte, war sie nun so verlaust wie wir. Ihr Sohn hieß Njuscha und wurde mein Freund. Njuscha brachte mir bei, wie man Holz hackt. Und wie man Muskeln aufbaut.

Eines Morgens trieben uns rumänische Soldaten zusammen und sagten, dass wir weiter gen Osten ziehen würden. Dass wir sofort aufbrechen würden.
Mein Vater protestierte. Haben Sie eine Befugnis?
Ein Soldat trat auf ihn zu und ließ eine Beschimpfungstirade los. Also gab ihm mein Vater mit seinem Handschuhrücken eine Ohrfeige.
Er hatte Handschuhe?
Ja. Er hatte Handschuhe.
Und dann?
Er wurde zusammengeschlagen und mit den anderen rund zweitausend von uns aus dem Dorf getrieben in den eisigen Wind, den die Russen Sawirucha nannten.
Manche weinten. Wir liefen. Mein Vater nur mühsam. Er hatte Schmerzen.
Plötzlich, als wir an einer Schlucht vorbeiliefen, spürte ich einen Tritt. Ich schaute hoch und sah, dass mein Vater mich die Böschung hinuntergetreten hatte. Meine Eltern und meine Schwester kamen hinterhergepurzelt.

Wir waren in einem dichten, tief verschneiten ukrainischen Wald gelandet.
Und dann?
Mein Vater schaut auf die Uhr. Ich muss los.
Jetzt?
Ja. Ich habe um drei einen Termin im Louvre.
Das ist erst in einer Stunde!
Sag mir nicht, was ich zu tun habe. Ich muss mich vorbereiten. Ich komme nie zu spät, wenn ich einen Termin habe. Ich bin kein Teenager wie du …
Okay, okay …
Es geht um die Prüfung eines Gemäldes von Raffael.
Ein Gemälde von Raffael?
Ja. Ein Taxifahrer aus Straßburg hat es auf dem Dachboden seiner Mutter gefunden. Es könnte eine Fälschung sein. Oder echt. Man weiß nie.
Ich fummele mir im Haar herum. Aber was ist passiert, nachdem du den Abhang hinuntergerollt bist?
Ich erzähle es dir ein andermal.

Er steht auf und lässt mich im Wohnzimmer sitzen, zusammen mit den leeren Teetassen und den Schokoladenkekskrümeln. Zusammen mit der Kolonne von Deportierten und Karls behandschuhter Hand. Zusammen mit dem tief verschneiten Wald und dem unbekannten Gemälde von Raffael. Zusammen mit dem Geräusch seiner Schritte, als er weggeht.

9

In einem Buch mit dem Titel *Geschichte der Juden der Bukowina* lese ich folgenden Absatz über meinen Großonkel, den Apotheker.

Der Apotheker Dlugacz, ein freudiger Mensch, konnte nicht verstehen, dass die merkwürdige kalte Welt so schrecklich grausam sein konnte und die Güte seiner Familie und seiner selbst mit derartig Bösem vergalt. Sein Äußeres spiegelte seine innere Natur. Er war immer sauber und elegant und nie nachlässig gekleidet, denn er betrachtete das als Beleidigung seiner Umgebung. Wenn es um die Erledigung großer Aufgaben ging, war Freund Dlugacz immer zur Stelle. Er arbeitete voll Freude zum Wohle anderer. Und dieser kontaktfreudige, hilfsbereite Mensch wurde von der weiten eisigen Erde Sibiriens verschlungen.

10

Wir gehen in ein Konzert, ins Théâtre des Champs-Elysées. Auf dem Programm stehen Beethoven, Ligeti und Schubert. Sobald die Musik beginnt, stößt mein Vater Grunzer und Ächzer aus. Ich zucke zusammen und bebe auf meinem Sitz. Nichts finde ich peinlicher als das musikalische Herumgekasper meines Vaters. Aus der Entfernung sieht er aus, als würde er gen Mekka beten, sein Kopf schwingt synchron mit den Händen vor und zurück. Doch dann gebe ich mich der Musik hin und vergesse es.

Ich verliere mich in dem Streichquartett von Schubert. *Der Tod und das Mädchen*. Ich schließe die Augen, die Noten tanzen als schwarze und weiße Figuren vor mir herum. Ich spüre ihren pulsierenden Takt durch meine Adern strömen. Sie gleiten und schweifen und schweben und dann, nichts mehr.
Ende.
Losbrechender, tosender Applaus. Mein Vater steht auf, ist sichtlich mitgenommen.
War das nicht schön?, fragt mich meine Mutter.
Ganz okay, antworte ich und zucke mit den Schultern, um den Effekt zu steigern.

V

1

August in Manhattan.

Drei Wochen bin ich mit einer Familie aus Wisconsin herumgereist. Sie setzen mich nach einer Tour durch den mittleren Westen in Manhattan ab.

Ich wohne bei Edward und Monica Mann, die in einer weitläufigen Wohnung auf der Central Park West wohnen.

Monica hat tadellos frisiertes, pechschwarzes Haar. Sie hat eine liebliche Art und spricht mit leichtem spanischem Akzent. Edward, ein berühmter Pianist, trägt Lacklederschuhe und maßgeschneiderte Hemden. Er übt mehrere Stunden am Tag auf einem imposanten, im Wohnzimmer stehenden Flügel.

Von dem Penthouse der Manns hat man einen weiten Blick über die Skyline Manhattans. Vor dem blauen Himmel wirken die Wolkenkratzer wie aufgeklebt. Ihre Stille vibriert. In der Ferne sitzt die Sonne auf dem Empire State Building wie eine goldene Krone.

Ich habe nie zuvor solch eine architektonische Freiheit gesehen. Dieses moderne Stahlchaos verkörpert eine verblüffende Ordnung. Spiegeln die Einwohner ihre Umgebung wider?, frage ich mich, während ich aus dem Fenster schaue.

Edward schwenkt seinen Whisky auf Eis. Er fragt mich nach meiner Reise und meinen Eltern. Ich antworte freundlich,

unfähig meine Augen von dem Blick aus dem großen Fenster loszureißen.
Monica fragt mich, ob ich ein Sandwich und ein Glas Milch möchte.
Mich schaudert. Ich bin dreizehn, sage ich zu ihr.
Ich weiß, antwortet sie, leicht verwirrt.
Ich trinke keine Milch mehr, erkläre ich.
Soso.

Sie zeigt mir mein Zimmer. Es duftet gut, wie frische Äpfel. Sie erklärt mir, dass Edward für ein bevorstehendes Konzert probt, ich solle ihn unter keinen Umständen tagsüber stören oder ansprechen.
Und Abendessen gibt es um sechs, fügt sie hinzu und lässt mich allein, damit ich auspacken kann.
Um sechs?

Die Manns haben keine Kinder und das merkt man.
Ich fühle mich bei ihnen unwohl, und obwohl Monica ihr Bestes tut, verhält sich Edward mir gegenüber grob.
Das Abendessen ist eine kalte Mahlzeit. Bagels, Sandwichs, Lachs. Ich stochere in meinem Essen herum und mache einen dürftigen Gesprächsversuch.

Am nächsten Morgen beim Frühstück bemerke ich auf dem Tisch Margarine. Habt ihr Butter?, frage ich.
Nein, Sweet'n Low, Margarine, aber keine Butter.
Wie könnt ihr so ein Gift essen?, frage ich und zeige auf die Margarine.

Monica und Edward schauen mich entsetzt an.
Und sagen nichts.

Am nächsten Tag nach einer weiteren unangemessenen Bemerkung meinerseits gibt mir Edward eine heftige Ohrfeige. Arrogante Göre, sagt er.

Ich bin noch nie geschlagen worden.

Ich renne in mein Zimmer und werfe mich aufs Bett und heule.

Teenager sind wie Fliegen, sagt mein Vater. Ihr ärgerliches Surren hört einfach nicht auf.

Bin ich wie eine Fliege?

Ich muss hier weg.
Ich muss.

Ich gehe schließlich mit verweinten Augen aus meinem Zimmer.
Ich möchte meine Eltern anrufen, sage ich zu Monica.
Sie zeigt auf das Telefon.

Mein Vater geht ran.
Ich hüte mich davor, mit ihm zu sprechen.
Gibst du mir Mami?
Sie ist bei einem Vortrag. Was gibt's denn?

Ich will hier weg und bei Tracy wohnen, flüstere ich.

Wollen? Was heißt hier wollen? Tracy hat einen schlechten Einfluss auf dich, sagt mein Vater. Und sie hört diese schreckliche Musik …
Bitte. Nur ein paar Tage. Ich halte es hier nicht mehr aus.
Okay, grummelt er. Ich spreche mit deiner Mutter und dann rufen wir dich an.

Am nächsten Morgen kommt Susanna und holt mich ab. Sie trägt einen Turban und knallroten Lippenstift.
Ihre grünen Augen funkeln im Licht und die Grübchen sind eine willkommene Abwechslung in der steifen Atmosphäre bei den Manns.
Die Manns begrüßen sie herzlich. Ab jetzt bin ich für diese junge Frau zuständig, lächelt Susanna.
Edward wirkt sichtlich erleichtert.
Monica gibt mir zum Abschied einen Kuss und wünscht mir alles Gute. Sie gibt mir den Koffer und schließt sanft hinter mir die Tür.

Wir stehen am Fahrstuhl und Susanna schaut mich an. Kein Wunder, dass du da ausgeflippt bist.
Ausgeflippt? Ich weiß nicht genau, was sie meint, aber ich tue so, als ob.
Ich weiß, sage ich düster.
Sie schaut mich verwundert an.
Wir stellen deinen Koffer bei mir ab und dann gehen wir shoppen, sagt sie und mustert mich von Kopf bis Fuß.

Du brauchst ein bisschen Make-up. Und was zum Anziehen. Dann bring ich dich zu Tracy.

Wir nehmen ein Taxi zu ihr, East 57th Street. Susanna gibt meinen Koffer einem weiß behandschuhten Portier und wir fahren zu Bergdorf Goodman. Wir laufen durch die Parfumabteilung, wo in den Ecken Frauen in kurzen Röcken mit Sprayfläschchen herumstehen. Möchten Sie das neue Nina Ricci testen?, fragen sie.
Ich möchte.
Aber Susanna nicht.

Wir suchen einen schwarzen Kajal und einen Lippenstift aus.
Komm, wir machen sie gleich drauf, sagt sie.
Wir stehen vor einem Spiegel. Weißt du, ich hab schon mal Eyeliner benutzt, sage ich zu ihr und ziehe eine schwarze Linie unter und über meinem Lid.
Na, Gott sei Dank!, antwortet sie spitz.

Wir verlassen den Laden mit vielen Tüten. Susanna hat sich was zum Anziehen gekauft.
Viel.

Draußen ist es heiß und schwül. Kein Wind. Kein Hauch. Die Schwüle scheint stillzustehen, wie mitten in der Luft steckengeblieben.

2

Tracy lebt mit ihrem Vater und ihrer Stiefmutter Theresa downtown. Ich betrete zum ersten Mal im Leben ein Loft und bin beeindruckt. Die Wände sind mit Bobs Bildern behängt. Große, bunte Halbkreise quadratisch eingefasst. Eine große dreidimensionale Metallskulptur. Recht willkürlich stehen einzelne Möbelstücke im Raum verteilt.

Ein junger Mann begrüßt uns. Bobs Assistent.
Assistent?
Oh ja, erklärt Tracy, er hat einen ganzen Haufen.

Mein Vater hat keinen Assistenten. Er spannt seine Leinwände selbst und mischt die Pigmente. Seine Werke entstehen in einer Sitzung, Retuschen verboten. Er hat seine eigene Druckmethode mit Kupferplatten entwickelt, wobei er eine Nadelbürste und Zuckertinte verwendet, bevor er seine Radierungen in der Presse druckt. Manchmal helfen Noga und ich.
Ich liebe den Geruch frischer Tinte.
Und den Vorgang, wenn eine Aquatinta aus der Presse kommt.

Ich frage Tracy, ob sie ihrem Vater manchmal hilft. Nein, antwortet sie. Das machen die Assistenten.

Auf dem Weg in Tracys Zimmer treffen wir Bob und Theresa. Er hat einen Zigarrenstummel zwischen den Lippen.

Hi, sagt er und schüttelt mir die Hand. Als ich dich das letzte Mal gesehen hab, warst du noch ganz klein …

Ich weiß nicht genau, wie ich reagieren soll.
Oh, antworte ich locker.

Wie geht es deinem Vater?
Gut. Es geht ihm gut.
Das ist Theresa, sagt er und stellt mir seine Frau vor.
Sie hat ihr Haar zu einem unförmigen Knoten gebunden und die Brille rutscht ihr von der Nase. Sie wirkt gestresst.
Wir gehen in mein Zimmer, sagt Tracy bestimmt.
Seid ihr zum Abendessen da?, ruft Theresa, als wir schon weitergezogen sind.
Weiß nicht, grummelt Tracy und schaut mich an. Theresa ist ne Schlampe. Ich hasse sie.

Soll ich sie auch hassen?

Tracys Klamotten sind über das ganze Zimmer verteilt. Sie klettert über einen Stapel Pullis und angelt nach einer Platte. Die Rolling Stones, dann Dr. John und Joni Mitchell. Sie dreht die Musik voll auf.
Das ist echt cooles Zeug, sagt sie.
Ich nicke zustimmend.

Wir gehen jetzt, erklärt sie wenig später. Ich muss einen Freund treffen, der Ärger hat.
Ärger?

Ja, du weißt schon, Drogen und so.
Ja, klar, klar.

Ich frage mich, was die Manns sagen würden, wenn ich wieder vor ihrer Tür stünde.
Sie würden mich wahrscheinlich rauswerfen.
Vielleicht sollte ich stattdessen nach Paris zurückfliegen.

Ich habe Hunger. Ich bin müde. Ich will nach Hause.

Wir essen in der Prince Street Hamburger und Pommes. Später treffen wir Tracys Freund Jeff am Hudson River. Er hat langes blondes Haar und seine Augen sind glasig. Tracy unterhält sich kurz mit ihm. Er zündet sich eine Zigarette an und schleift beim Weggehen die Füße über den Boden.

Ich weiß nicht genau, was sie gemacht haben. Hat sie ihm Geld gegeben? Hat er ihr Drogen gegeben?

Ich glaub, er brauchte Gesellschaft, sagt sie. Der ist total stoned. Nen Reichensöhnchen-Drogi. Allein sein ist er nicht gewöhnt.

Ich weiß nicht, was ich sagen soll.

Männer in engen Jeans und ärmellosen weißen Shirts laufen an uns vorbei.
Aus einer dröhnenden Box brüllt Musik, eine Mischung aus schnellem Reden und harten Beats.

... the rock it to the bang-bang boogie say up jumped the boogie to the rhythm of the boogie the beat ...

Hörst du den Beat? Das ist Hip-Hop, erklärt Tracy.
Die Menschenmenge fängt an zu tanzen.
Ich starre wie gebannt.
Und möchte mittanzen.

Ein Paar von den Typen sind transsexuell, erzählt mir Tracy und zeigt Richtung Tänzer. Und schwule Nutten. Und Mega-Drogis. Und Kids wie du und ich.

Ich mag nicht, wenn man mich *kid* nennt.
Warum macht es Tracy nichts aus?

Sie schaut mich an und lacht.

Ich finde, du solltest öfter nach New York kommen, erklärt sie, zündet sich eine Zigarette an und bläst den Rauch Richtung Fluss.

Vielleicht.
Vielleicht auch nicht.

3

Meine Mutter und ich steigen aus dem überfüllten 21er und laufen zum Boulevard Haussmann. Wir gehen durch

die Drehtür der Galeries Lafayette und streben zur Rolltreppe.
Ich bin sicher, dass du hier findest, was du brauchst, sagt meine Mutter.
Wir finden hier bestimmt nichts, murmele ich. Das Zeug ist so uncool.
Nun, lass dich doch mal überraschen.

Wir fahren in den zweiten Stock und laufen durch die Kleiderabteilung.
Junge Mode und Damen.
Meine Mutter bleibt vor ein paar Kleidungsstücken stehen.
Ein Dufflecoat. Eine Rüschenbluse. Ein Schottenrock.
Schottenröcke, Rüschenblusen, Horror!

Guck mal hier, sagt sie und zeigt auf einen wallenden Rock von Laura Ashley. Ich finde ihn hübsch.
Ich nicht, nuschele ich.

Ich hefte meinen Blick auf einen schwarzen Designermantel. Knielang mit großen Lederknöpfen.
Zu teuer, sagt meine Mutter.

Eine schwarze Hose.
Wenn sie dir gefällt, seufzt meine Mutter.

Tut sie.

Ich suche meine Größe und gehe sie anprobieren.

Ich trete ein paar Schritte zurück und schaue mich in dem hohen Spiegel an.
Sie sitzt perfekt.

Sie ist sehr dünn, höre ich die Verkäuferin zu meiner Mutter sagen.
Jaja, seufzt meine Mutter.
Zu dünn, fügt die Verkäuferin hinzu.
Mein Vater war sehr groß und dünn, genau wie sie, sagt meine Mutter.
Ach so. Was hält denn die junge Dame von der Hose?, fragt mich die Verkäuferin. Sie ist klein, hat einen ungeduldigen Gesichtsausdruck und ein schiefes Lächeln.
Gefällt mir, nuschele ich.
(Ich hasse es, wenn man mich »junge Dame« nennt.)

Wir brauchen auch einen Mantel, erklärt meine Mutter bestimmt.
Natürlich, Madame, erwidert die Verkäuferin zuvorkommend. Was für ein Mantel soll es denn sein?
Danke, aber ich gucke lieber selbst, antworte ich und werfe meiner Mutter einen wütenden Blick zu.
Ich denke, wir kommen zurecht, murmelt die widerwillig.
Verstehe, erwidert die Verkäuferin blasiert. Die Hose können Sie dort drüben an der Kasse zahlen, fügt sie hinzu, dort am Ende der Abteilung.
Danke, sage ich und fliehe.
Was ist denn mit dem Mantel?, ruft meine Mutter und folgt mir.

Vergiss den Mantel. Ich will keinen Mantel.
Aber draußen ist es kalt.
Ich will keinen Mantel, wiederhole ich. Nicht hier. Ich hasse diesen Laden. Ich kauf mir einen auf dem Flohmarkt.
Flohmarkt. Immer dieser Flohmarkt, murmelt sie.

Auf dem Weg zur Kasse komme ich bei den Schuhen vorbei. Mein Blick fällt auf ein Paar schwarze Wildlederstiefeletten, spitz. Meine Traumschuhe.
Ich bleibe stehen und betrachte sie genau. Ich nehme sie in die Hand und drücke das weiche Wildleder. Ich führe sie an die Nase und rieche daran.
Die sind toll, sage ich zu meiner Mutter.
Wir suchen keine Schuhe. Du hast genug Schuhe. Wir suchen einen Mantel, eine Hose, eine Bluse, alles außer Schuhe.

Ich fange an zu betteln. Doch sie gibt nicht nach. Kleidung ja. Schuhe nein. Wenn wir die kaufen, bekommst du keinen Wintermantel.
Ich hab dir doch gesagt, ich will keinen Mantel! Ich werde laut.
Es geht nicht ums Wollen, sondern ums Brauchen! Sie wird auch laut.

Wir streiten. Ich werde immer lauter.
Wirst du wohl mir gegenüber nicht die Stimme erheben, fährt sie mich an.

Okay. Ich schnappe mir die Hose und stapfe wütend weg.

Vorbei an einer Reihe ordentlich zusammengelegter Pullis und Abendgarderobe. Vorbei an der Mantel- und Kinderabteilung. Vorbei an Designerkleidern und Damenwäsche. Ich sehe eine Puppe mit einem pinken BH, passendem Höschen, Strumpfhalter für die schwarzen Strümpfe. Ich muss mich winden.

Ich renne eine Rolltreppe runter, dann wieder hoch.
Irgendwie lande ich am anderen Ende des Ladens.
Ich bleibe abrupt stehen.

Ich habe meine Mutter verloren.
Ich laufe schnell durch die Abteilung mit der Abendgarderobe. Seidenkleider neben Paillettenblusen halten Hof mit Tüll- und Samtroben auf Puppen ohne Gesichter.
Ich beschleunige meinen Schritt Richtung Strumpfabteilung.
Eine Frau läuft an mir vorbei, eine Parfumwolke folgt ihr.
Ich kenne den Duft. Shalimar?
Eine ältere Dame im Pelzmantel greift mit einer Hand ein paar Perlonstrumpfhosen und fährt mit den lackierten Nägeln der anderen durch Seidenstrümpfe in der Auslage. Wie viel den hat die?, fragt sie die Verkäuferin.
Dreißig, Madame, antwortet die.

Ich schaue hinunter, in das nächste Stockwerk. Auf die große Wendeltreppe.
Mir ist schwindlig. Mein Hals ist wie zugeschnürt, als würde ich ersticken.
Mir ist heiß.

Sehr heiß.
Gleich falle ich in Ohnmacht.
Außer ich finde meine Mutter.
Meine nervige Mutter.
Wie finde ich sie?
Ich kann sie definitiv nicht ausrufen lassen. Nicht mit fünfzehn.
Was, wenn plötzlich jemand auftaucht, den ich aus der Schule kenne? Zu gefährlich.
Ich muss sie selbst finden.

Renne zurück die Rolltreppe hoch und suche sie fieberhaft. Dort, wo wir uns zuletzt gesehen haben. Bei den Schuhen. Den Röcken. Den Hosen. Den Umkleidekabinen. Ah, die Umkleidekabinen. Dieselbe Verkäuferin, außer dass sie diesmal eine andere Familie bedient. Eine reiche Familie.
Die Tochter ist ungefähr in meinem Alter und stolziert in einem teuren Kleid herum. Ich hatte das Kleid gesehen. Agnès B. Weiße und rote Punkte und ein runder Kragen. Sechshundert Francs. Jenseits meiner wildesten Träume.

Cette robe est très jolie, Ondine, erklärt die Mutter kurz und knapp. Ihre Worte klingen wie blank geschrubbt. An ihren Ohrläppchen blinken Diamanten und ihre Augen sind dick geschminkt. Sie trägt einen dunkelroten Hosenanzug und hohe Absätze. Sie sieht aus wie Sophies Mutter.

Ganz recht, Madame, das Kleid ist wunderhübsch, bestätigt die Verkäuferin. Sehr beliebt bei den jungen Leuten.

Die junge Ondine trägt ein goldenes Kreuz um den Hals und einen glitzernden Armreif am Handgelenk.
Ich finde es toll. Komm, das nehmen wir.
Gern. Könnten Sie das bitte einpacken, sagt die Mutter leicht herablassend zu der Verkäuferin. Und jetzt, Ondine, probier doch die anderen Sachen an, die dir gefallen, ich habe nicht den ganzen Tag Zeit …

Gern.
Gern? Einfach so?
Kein Zweifel. Keine Schuld. Kein Zurücklegen bis morgen. Kein noch mal Überschlafen. Kein, ja, ich find es wirklich toll, bitte kauf es mir und ich verspreche dir, dich nie mehr um etwas zu bitten.

Ich stehe versteinert da. Bekommt Ondine immer, was sie will?

Alles in Ordnung, Mademoiselle?, fragt mich die Verkäuferin mit demselben bescheuerten Lächeln.
Oh ja, alles gut, danke, alles gut.

Ich entferne mich rasch.
Wo ist meine Mutter?
Ich falle gleich in Ohnmacht.
Habe weiche Knie.
Spüre die Hitze aufsteigen von den Zehen rauf zum Hals.
Ich werde auf einer Trage auf den Boulevard Haussmann hinausgetragen werden, im Krankenhaus wird man mir

Adrenalin spritzen, genau wie bei Brigitte in der Schulcafeteria, als sie eine allergische Reaktion auf Eier hatte.

Ach, da bist du ja! Ich höre eine Stimme hinter mir.
Ich drehe mich um.
Meine Mutter.
Eine kleine Person mit lockigem schwarzen Haar, braunen Augen und besorgtem Gesicht.
Ich hab dich gesucht, sagt sie.
Ich seufze tief. Ich dich auch.

Kein zugeschnürter Hals mehr. Oder aufsteigende Hitze.
Oder weiche Knie.
Kaufst du mir die Schuhe, Mami?, frage ich, wehmütig auf die knöchelhohen Stiefel zeigend.
Sie schüttelt den Kopf.
Nein. Und frag nicht noch mal.

Okay, dann nicht.
Aber später doch.
Noch mal und noch mal.
Sie gibt nicht nach.

VI

I

Es ist Jom Kippur. Versöhnungstag. Wir folgen meiner Mutter in die Synagoge auf der Rue Copernic. Mein Vater bleibt zu Hause.
Das ist nichts für mich, sagt er. Geht ihr mal.
Wir wollen nicht!, rufen meine Schwester und ich.
Ihr geht mit eurer Mutter, keine Diskussion.
Mein Vater glaubt an nichts. Warum sollten wir es dann tun? Ungerecht ist das.
Es geht nicht um Gerechtigkeit, sondern um Pflicht, antwortet er resolut.

Wir sitzen oben, dicht gedrängt in einer Reihe mit Frauen und Kindern. Der Rabbi singt monoton, die Gemeinde erhebt sich. Und setzt sich. Und erhebt sich wieder. Die Gebetsrituale haben etwas Mechanisches. Das repetitive Geleier des Rabbis zerstört die spirituelle Absicht. Zumindest bei mir. Und bei den anderen?
Ich schaue mich um. Die Männer zu unserer Linken tragen dunkle Anzüge und weiße Tallits um die Schultern. Sie wiegen ihre Körper vor und zurück, synchron wie Uhrpendel. Eine pummelige Frau mit rotem Hut in meiner Nähe weint leise. Ein kleiner Junge zerrt am Ärmel seiner Mutter. Ein junges Mädchen mit Handschuhen schaut gedankenverloren drein. Sie ist sehr hübsch. Ordentlich, gut gekleidet, brav

dasitzend. Eine große attraktive Frau, vermutlich ihre Mutter, sitzt bei ihr. Sie trägt ein perfekt maßgeschneidertes Kostüm und eine teure Halskette. Ich schaue sie an. Den Anspruch, den sie verkörpert. Ich sinniere über das junge Mädchen, das wahrscheinlich so alt ist wie ich. Fünfzehn. Sie wohnt mit ihrer Mutter und ihrem Banker-Vater bestimmt im 16. Arrondissement, in einer großen Wohnung mit Parkettböden und teuren Teppichen. Sie hat zwei Brüder, mit denen sie sich zankt, die sie aber vergöttert. David und Raffael. Oder vielleicht Edouard und Cyrille. Oder noch besser, Alexandre und Charles.
Das Mädchen heißt Myriam. Unter Garantie.
Natürlich haben sie eine Haushälterin, die schon seit Myriams Geburt bei der Familie ist.
Die Familie hat ein Sommerhaus in Saint-Tropez. Im Winter fahren sie nach Crans-sur-Sierre in die Schweiz.
Sie schwimmen, sie reiten, sie fahren Ski, sie fahren Auto.
Meine Familie tut nichts davon.

Meine Mutter stößt mich an. Sitz still, sagt sie. Jetzt kommt das Wichtigste.
Wir pressen unsere Fäuste an die Brust und tun Buße. Sünden werden begangen, Sünden werden verziehen.
Was für Sünden habe ich begangen?
Meine Mutter verkörpert keinen Anspruch. Sie trägt selten maßgeschneiderte Kostüme und besitzt keine teuren Halsketten. Wir haben eine Haushaltshilfe, aber kein Personal, und die meisten Ferien verbringen wir in der Nähe von Hauptstraßen. Nichts von wegen wilder Natur. Oder un-

bekannter Kontinente. Wir halten uns an das, was wir kennen. Und wir kennen nun mal nur Dinge ohne Auto.

Meine Mutter ist gut und liebenswürdig. Geduldig und freundlich. Und ich hasse sie dafür.
Ich lüge. Ich schreie. Ich brülle meine Eltern an. Lehne ihre Reinheit und ihr Wissen ab. Ihre Werte und ihre Moral.
Die Wut meines Vaters. Die Güte meiner Mutter.
Aber ich kann mich nicht von ihnen lösen. Ich versuche es, aber ich kann ihre Erbmasse nicht ablegen, die mein emotionales Elend prägt. Ich kann meine Wut nur an meiner Familie auslassen. An niemandem sonst.
Mein treues und teures Publikum.

Ich sehne mich nach Unerschütterlichkeit, merke aber, dass ich nicht mal weiß, wo ich anfangen soll.
Wie wirkt man nonchalant? Gelassen?
Wie funktioniert Zurückhaltung?

Mein Vater ist nie zurückhaltend und hält Nonchalance für ein bourgeoises Konzept.

Deine Familie ist so anders, hat meine Freundin Sophie einmal zu mir gesagt. Es muss toll sein, in solch einer Atmosphäre zu leben.
Toll? Nein, sage ich. Ist es nicht.
Du weißt echt nicht, was du für ein Glück hast! Ich würde mir wünschen, so eine Familie zu haben. Meine Eltern sind so langweilig …

Die sind nicht langweilig, sage ich, als ich an Sophies Eltern denke. Ihr Vater, ein kleiner Mann mit runder Brille, ist ein Werbemogul. Ihre Mutter ist eine anmutige Frau mit langen Beinen und jungem Gesicht. Sie trägt Chanel-Kleider und sagt immer das Richtige.
Wie macht sie das?
Ich kriege es nie richtig hin. Meine Gesten sind plump und mein Timing schlecht. Ich weiß wenig über angemessene Reflexe. Über Charme und Schein.

Na ja, Charme ist ja auch im Vergleich zu Wissen wertlos, wie mein Vater sagen würde.
Meine kulturellen Wissenslücken sind eklatant. Du bist so ungebildet, bekomme ich oft zu hören.
Du Dummchen. Warum hörst du nicht auf mich? Warum lernst du nicht von mir?

Weil ich nicht auf dich hören will.
Weil mein Vater predigt, wenn er spricht.
Weil er erwartet, dass ich alles weiß, wenn ich offensichtlich nichts weiß.
Und nichts ist nicht so anstrengend wie alles.

Ich sollte wissen. In der Schule starre ich leer aus dem Fenster. Ich tue so, als würde ich den Lehrern zuhören, obwohl ich tatsächlich meilenweit weg bin.

Zumindest habe ich mein Klavierspielen und Bücher, in die ich versinken kann. Und die Geschichten, die ich schreibe

über abgebrannte, russische Jungs in Moskau, die heimlich aus ihrer Heimatstadt fliehen und im Westen ihr Glück finden. Oder arme, abgerissene französische Landarbeiter, die sich ums Feuer drängen, während ihre wohlhabende Herrschaft verschwenderische Partys gibt.
Ich verliere mich in Büchern. Kurzgeschichten, Romanen, Biografien. Sie berühren mich unerwartet, unvorhersehbar.
Ich verliere mich im Leben anderer.

2

Wir treffen Sam zum Tee im Café Français. Es ist Teil des PLM Saint-Jacques, eines faden 70er-Jahre-Hotels auf dem Boulevard Saint-Jacques in der Nähe seiner Wohnung.
Es ist ein merkwürdiges Café in einem nicht angesagten Teil von Paris, was genau der Grund ist, warum Sam dort gerne hingeht. Es ist benannt nach dem Zug Paris–Lyon–Marseilles und liegt in direkter Nähe zum Prison de la Santé, dem berüchtigtsten Gefängnis von Paris. Sam sagt, dass er an ruhigen Tagen die Häftlinge über die Dächer hinweg brüllen hört.
Er erwartet uns schon auf einer der orangefarbenen Sitzgruppen. Ein paar japanische Touristen sitzen am Nebentisch und unterhalten sich leise.
Sam trägt eine braune Baskenmütze, hat eine Zigarre zwischen den Lippen. Er sieht zerbrechlicher aus als sonst.
Eher mal müde, sagt Sam, als sich mein Vater nach seiner Gesundheit erkundigt.

Wir reden über die Wahl von François Mitterrand. Sam freut sich darüber, genau wie meine Eltern.
Er wird es schaffen, wenn er nicht dem Druck der Kommunisten nachgibt, sagt mein Vater.
Was können ein paar Kommunisten schon ausrichten?, erwidert Sam. Außerdem sind alle kommunistischen Intellektuellen gegen Georges Marchais. Der taugt nichts.

Am Abend von Mitterands Wahl hatte ich mit Tausenden anderer junger Leute auf der Place de la Bastille gestanden. Wir teilten seine Visionen und Träume. Die Abschaffung der Todesstrafe. Gleichberechtigung der Rassen. Sichere Arbeitsplätze. Wir jubelten und brüllten im Regen »*On a gagné*«. An diesem Abend waren auf dem Heimweg alle außer sich vor Freude ob der neuen Zukunft, die uns erwartete.
Uns, die französischen Männer und Frauen.
Uns, Leute wie mich.
Dort gehörte ich hin.

Wir kommen auf Bücher zu sprechen. Ich erzähle Sam, was ich gerade gelesen habe. Marguerite Duras und Simone de Beauvoir. Ich liebe ihre Autobiografie *Memoiren einer Tochter aus gutem Hause*.
Warum magst du es?, fragt Sam mit dem prüfenden Blick seiner kristallblauen Augen.
Weil es mich anspricht. Ich habe das Gefühl, ich kenne sie.
Er lächelt. Das ist gut, sagt er.

Er fragt mich nach meinem fünfzehnten Geburtstag. Ich schulde dir ein Geschenk, sagt er.
Mein Vater wird blass. Ihr Geburtstag war furchtbar. Barbarisch …
Hör auf, wirft meine Mutter ein.
Warum? Statt zu meiner Eröffnung in Dijon zu kommen, zog meine Tochter es vor, eine Party zu geben.
Mein Vater hält inne und holt tief Luft.
Ich habe immer noch den Geruch der Spaghetti Bolognese in der Nase, die an den Wänden unserer Wohnung klebten. Und die verkommenen Geschöpfe vor Augen, wie sie Zigaretten rauchen und furchtbare Dinge in der Badewanne treiben.
Genug, blafft meine Mutter, Sam muss das nicht hören.

Sam lächelt, ascht seine Zigarre im Aschenbecher ab und sagt nichts.

3

Marie und Nicolas Barzin bitten Noga und mich hinüber zum Tee. Ihr könnt fernsehen, wenn ihr mögt.
Die Barzins sind überzeugte Atheisten und für Noga und mich dem Normalen so nah, wie es in unserer Vorstellung überhaupt nur geht.
Sie leben direkt nebenan in einer großen Atelierwohnung wie unserer. Maries Mutter, eine Kunsthändlerin, die mit einem Surrealisten verheiratet war, kennt meinen Vater

schon seit den frühen Fünfzigerjahren. Die Wohnung der Barzins hängt voller Picabias und de Chiricos und ist eine Fundgrube surrealistischer Arbeiten, die Studenten und Wissenschaftler regelmäßig durchforsten.
Die Kinder der Barzins, Simon und Victor, sind zehn Jahre jünger als wir und für uns Teil der Familie.
Noga und ich verbringen hier eine Menge Zeit. Wir haben keinen Fernseher und der Barzinsche Haushalt ist für uns ein Technikparadies. Sie haben nicht nur einen Fernseher, sondern auch einen Videorekorder komplett mit einer Sammlung von Hollywoodfilmen und französischen Kinohits.

Die Wochenenden verbringen die Barzins im Loire-Tal, in einem verwinkelten Haus, das einst Maries Mutter gehörte. Im Winter fahren sie Ski. Und jeden Sommer geht es an die Côte d'Azur oder entfernte Orte, von denen sie mit Geschichten über ihre Abenteuer zurückkehren.
Im Vergleich dazu sind wir öde.

Wir reisen selten und unsere Abenteuer sind rein mental.

Warum machen wir nie Reisen in andere Länder?, frage ich meine Mutter.
Wir fahren doch oft nach Israel. Sind das keine Reisen?
Es ist langweilig, immer nach Israel zu fahren. Nein, ich meine in andere Länder wie Spanien oder Italien oder … ich weiß nicht, auf die Komoren? (Ich habe von dort eine Briefmarke aus dem Jahr 1975, mit einem Anjouannektar-

vogel drauf, mit gebogenem Schnabel und samtigem Gefieder.)
Meine Mutter bekommt große Augen. Die Komoren? Wo sind die denn?
Nördlich von Madagaskar.
Madagaskar! Und als Nächstes willst du nach Timbuktu, ja? Wir reisen nicht, weil wir es uns nicht leisten können. Reisen ist teuer. Besonders wenn du an den Indischen Ozean willst …
Vergiss den Indischen Ozean, sage ich. Warum können wir nicht irgendwohin, wo es nicht teuer ist? In die Bretagne, zum Beispiel?
Frag deinen Vater, seufzt meine Mutter. Nicht mich.
Ich will ihn nicht fragen.
Dann eben nicht, erwidert sie.

4

Du weißt die Antwort, sagt mir ein Mathelehrer. Du musst nur ein bisschen schärfer nachdenken.

Aber das tue ich nicht. Wie denn? Ich verstehe ja die Frage kaum.
Und ich hinterfrage nicht gern, was ich nicht verstehe.
Ich will meine Schwächen nicht zeigen.
Das übernimmt stattdessen die Schule.

Wir können Ihre Tochter nicht mehr halten, sagt der Direktor zu meinen Eltern. Es tut mir leid, aber wir haben einen Ruf zu verlieren.

Einen Ruf zu verlieren.

5

Eine neue Schule im 15. Arrondissement.

Ich finde schnell Freunde. Eine andere Welt öffnet sich mir. Die Welt von besten Freundinnen, Freunden und das Thema Klamotten.
Ich verliebe mich in Matthieu, der Grübchen hat, und beschließe Punk zu werden. Wie er. Matthieu hat stachelige blonde Haare und Springerstiefel.
Ich fahre mit ihm zu Partys am Rand von Paris, voller Glatzen mit gierigen Augen und Sicherheitsnadeln in den Ohren. Ich habe Angst vor ihnen.
Lasse mir aber nichts anmerken.

Eines Abends bin ich dabei, als eine Gruppe von Punks und Glatzen in einer Schule randaliert. Sie brüllen und fluchen, Papiere und Flugblätter segeln aus dem Fenster in die Kühle der Nacht.
Mir ist kalt, sage ich zu Matthieu. Ich glaub, ich will nach Hause.
Du eignest dich nicht zum Punk, sagt er.
Bald danach trennen wir uns.

In meinem Zimmer fülle ich mein Tagebuch mit Gedichten und Liedern.

Wir lesen eins von Sams Stücken in der Schule. *Endspiel*. Es trifft unerwartet einen Nerv. Ich mag die Verbindung von Nüchternheit und Humor. Nichts Überflüssiges, nur Essenzielles; etwas, das ich anstreben kann, wenn ich älter und weiser bin. Jetzt noch zu früh.

Ich schreibe eine Kurzgeschichte und zeige sie meinem Vater.
Die ist gut, sagt er. Schick sie doch Sam.
Das ist der Anfang einer Korrespondenz zwischen uns beiden. Ich schicke ihm meine konfusen Versuche in Poesie und Prosa.
Wenn er mag, was er sieht, schreibt mir Sam, in seiner Spinnen-Handschrift. Auf kleinen weißen Kärtchen, voll schwarzer Tinte. Einige Umschläge sind ohne Briefmarke, ein Zeugnis seiner Gewohnheit, Spaziergänge von seiner Wohnung zu unserem Briefkasten zu machen. Ein Weg von fünfzehn Minuten.

Sam antwortet nicht immer.
Und ich nehme sein Schweigen ernst.
Einmal bekomme ich zufällig mit, wie er meinem Vater sagt, dass ich vielleicht Schriftstellerin werden könnte.

Könnte.

Mit den Jahren füllen seine Notizen meine Schreibtischschublade. Eines Tages sind sie weg. Ich suche sie wie verrückt, vergeblich.

Keiner weiß etwas.

6

An einem Winterabend komme ich von der Schule nach Hause und höre, wie sich meine Eltern streiten. Ich marschiere gleich in mein Zimmer, werfe meine Tasche aufs Bett und lege mich hin.
Haben sie gehört, dass ich gekommen bin?
Noga kommt aus ihrem Zimmer zu mir. Sie wirkt aufgewühlt.
Sie streiten, sagt sie. Abba schreit Mami an.
Ich weiß, ich höre es, sage ich. Viele Eltern streiten.

Du dummes Weib!, brüllt mein Vater. Dummes, ungebildetes Weib! Wie deine Mutter!
Meine Mutter sagt nichts. Oder wenn, hören wir es nicht.

Noga hat Tränen in den Augen.
Was ist los?, frage ich kalt.
Nichts. Nur … Julien, murmelt sie, bevor sie plötzlich anfängt zu weinen.
Was ist mit Julien? Ich seufze ungeduldig.
Heute Nachmittag war eine Party und er hat nicht mit mir

getanzt. Ich hab noch nie mit einem Jungen getanzt, sagt sie noch, während Tränen ihre Wangen hinunterlaufen.
Ich strecke meine Hand nach ihr aus. Ich möchte sie umarmen. Aber ich finde es schwierig.

Ich verlasse dich!, hören wir plötzlich meine Mutter brüllen. Ich habe genug.
Geh doch!, bellt mein Vater.
Meine Schwester und ich erstarren. Noga scheint Julien völlig vergessen zu haben.
Meine Mutter geht zur Wohnungstür. Mein Vater rennt ihr hinterher.
Es tut mir leid. Es tut mir sehr leid, wiederholt er.
Lass mich in Ruhe, blafft meine Mutter und will ihn wegschubsen.
Bitte vergib mir, fleht er sie an. Geh nicht.

Ich schaue ihn an. Sein Gesicht trägt das Gewicht seiner Taten.
Noga kommt mir hinterher. Meine Mutter steigt in den Fahrstuhl, mein Vater will sie daran hindern. Bitte geh nicht. Bitte lass uns reden.
Meine Mutter schubst ihn weg. Lass mich, ich habe die Nase voll.
Sie schmeißt die Fahrstuhltür zu. Wir hören die knirschenden Geräusche des Fahrstuhls auf dem Weg ins Erdgeschoss.
Mein Vater erhascht Nogas und meinen Blick. Lasst mich in Ruhe, sagt er. Wir nicken gehorsam und gehen in unsere Zimmer.

Noga wirkt aufgewühlt und ich nehme kurz ihre Hand. Sie kommt wieder, sage ich sanft. Sie liebt Abba.
Ich weiß, sagt sie.

Ein paar Stunden später taucht meine Mutter wieder auf. Mein Vater umarmt sie, umklammert mit seinen Armen ihr kleines Knochengerüst.

Ich habe eurer Mutter gegenüber die Beherrschung verloren, sagt er und klingt wie ein schuldbewusstes Kind.
Ich liebe dich, sagt er zu meiner Mutter.
Ich liebe eure Mutter, sagt er zu uns.
Das reicht nicht, antwortet meine Mutter. Du musst mich auch respektieren.
Ich respektiere dich, natürlich. Es tut mir leid, wiederholt er. Ich bin jähzornig. Es wird nie wieder vorkommen.
Das sagst du immer, sagt jemand.
Ich weiß nicht mehr, wer.

7

In einem der Bücher, die die Regale entlang der Wohnzimmerwände füllen, ist eine Reproduktion des Vermeer-Gemäldes *Junge Frau mit Wasserkanne am Fenster.* Sie trägt ein kobaltblaues Kleid. Sie beugt sich sanft zu der Wasserkanne hin, eine Hand ruht am Rahmen des offenen Fensters.
Was denkt sie?
Was hat sie für ein Leben?

In demselben Buch ist die Abbildung eines Diptychons von Membling, das im Metropolitan Museum hängt. Die beiden Portinari-Portraits.

Der Firnis der Portraits ist rissig, ich spüre es fast, als ich mit meinem Zeigefinger über die Seite fahre. Beide, der Mann und die Frau, die ein schönes Geschmeide um den Hals trägt, haben ihre Hände zum Gebet gefaltet.

Sie waren frischvermählt, ist im Begleittext in kleiner schwarzer Tintenschrift erklärt.

Maria Portinari war vierzehn Jahre alt, ihr Gatte Tommaso, ein Italiener, der für die Bank der Medici arbeitete, war zweiundvierzig.

Beide haben einen friedvollen Gesichtsausdruck. Zumindest scheint es so.

Was empfand Maria wohl tatsächlich ob der Heirat mit einem achtundzwanzig Jahre älteren Mann?

Ob ich Ilan heirate? Oder jemand anders?

Wie werde ich aussehen, wenn ich alt bin?

Vielleicht heirate ich auch einen älteren Mann.

Oder vielleicht heirate ich gar nicht.

8

Ich erinnere mich an noch etwas, sagt mein Vater.

Wir sitzen im Wohnzimmer. Er blättert in einem Buch, während ich auf unserem weinroten Samtsofa lümmele.

Ja?

Ich habe dir doch erzählt, dass mein Vater an dem Tag, als

wir deportiert wurden, seine dreißig ätherischen Öle im Aktenkoffer bei sich trug?
Ja.
Nun, nachdem der Viehwaggon in Transnistrien ankam, wurden wir auf ein kleines Boot gezerrt, um den Dnister zu überqueren.
Auf dem Boot waren zwei Gestapoleute, ein religiöser Jude, der seine Thora umklammert hielt, und noch ein Mann, ein sehr reicher Bankier, den meine Eltern aus Czernowitz kannten.
Dieser Mann hielt ebenfalls einen Aktenkoffer in der Hand, hatte ihn aber in einen Lappen gewickelt. Irgendwann öffnete er seinen Koffer und holte ein kleines Glas Marmelade heraus. Einer der Offiziere schaute den Mann an, riss den Lappen weg, und da sah man einen glänzenden gelben Koffer. Der Offizier grapschte sich das Marmeladenglas, warf es in den Fluss und den glänzenden Koffer gleich hinterher. Wir schauten schweigend zu, wie er unterging.
Nach einer Weile wandte sich der Mann an meinen Vater. Sehen Sie den Aktenkoffer, den die gerade weggeworfen haben?
Mein Vater nickte.
Der war aus reinem Gold.
Ich schweige zunächst. Hast du den Mann je wiedergesehen?
Nein.
Dieser Koffer, er war wahrscheinlich ein Vermögen wert.
Ja, höchstwahrscheinlich.
Seid ihr an diesem Tag zusammen weitergelaufen? Als dich dein Vater den Abhang hinunterschubste?

Nein, habe ich dir doch gesagt. Ich habe diesen Mann nie wiedergesehen.
Was ist denn passiert, als ihr im Wald gelandet seid?
Was passiert ist? Ganz einfach. Mein Vater sagte uns, er hätte uns geschubst, weil er erfahren habe, dass wir alle nach Petschora in ein Todeslager gebracht würden.
Aber woher wusste er das?
Er wusste es. Er hatte es von jemandem gehört.
Und dann?
Wir liefen los, durch den Schnee. Da tauchte ein rumänischer Soldat auf, befahl uns anzuhalten und hielt seine Waffe auf uns vier gerichtet.
Wir erstarrten. Er sagte, er wisse, dass wir Juden seien. Er würde es uns ansehen. Er fragte uns, was wir uns als Letztes wünschten, bevor wir stürben.
Dass Sie uns bis morgen früh Zeit geben, antwortete Pepi kühl.

Als es Morgen wurde, wusste Pepi alles, was man über den Soldaten wissen konnte. Sie wusste, aus welcher Stadt er kam, und sie kannte einige seiner Nachbarn. Als er merkte, dass ihm eine achtbare Familie gegenüberstand, brachte es der Soldat nicht fertig, uns umzubringen. So entschied er, uns gehen zu lassen. Er gab uns sogar den Tipp, durch die Sümpfe zu laufen, um die deutschen und rumänischen Soldaten zu umgehen, die in den Wäldern patrouillierten.
Wir hörten auf ihn. Mein Vater hatte aufgrund seiner Wunden heftige Schmerzen und konnte nur mühsam laufen. Wir verbrachten den Tag zusammengekauert auf einem

Friedhof und fragten uns, was wir nun tun sollten, als plötzlich ein ukrainischer Bauer vor uns stand. Er hatte einen riesigen Schnurrbart und ein freundliches Gesicht.
Der Bauer war kürzlich verwitwet, er nahm uns mit in seine Hütte in dem Dorf Lutschintschik und beherbergte uns drei Tage. Ein guter Mensch.
Mein Vater hält inne. Es ist wichtig, die guten Menschen auf der Welt im Gedächtnis zu bewahren.
Wir tranken Wodka mit ihm und sprachen über den Krieg. Nach drei Tagen entschieden wir, zurück ins Ghetto zu gehen. Wir konnten nirgendwo anders hin. Die Kälte war unerträglich und mein Vater hatte entsetzliche Schmerzen. Seine Wunden waren nicht verheilt.

Wir kamen zurück nach Lutschinez. Mittlerweile lebten fünfundzwanzig Menschen in Frau Feinsteins Hütte und schliefen auf Strohmatten.
Wir legten uns aufs Stroh wie alle anderen. Mein Vater mit seinem Aktenkoffer, meine Mutter, meine Schwester und ich.
Bevor wir einschliefen, schaute mein Vater mich an und sagte zu mir »*Sei frei*«. Sei frei.
Und dann starb er. Es war der 1. Februar 1942.

Mein Vater schaut mich an. Ich habe ihn lange betrauert. Er hätte sich gefreut zu sehen, was aus mir geworden ist.

9

Wir gehen für neun Monate nach London und wohnen in Kynance Mews in South Kensington. Noga und ich gehen in Brook Green auf eine französische Schule. Ich habe dort eine Lehrerin, Mme S., die uns mit einem Stock auf die Fingerknöchel schlägt, wenn wir uns schlecht benehmen. Meine Noten lassen nach und meine Eltern sind meinetwegen verzweifelt.

Meine Schwester hingegen weiß, wie sie die Angst zu ihrem Vorteil nutzt. Sie wird Klassenbeste in französischer *orthographe*, ein Talent, das Jahre später belohnt wird, als sie von einem französischen Fernsehsender für die landesweite Buchstabiermeisterschaft ausgewählt wird.

Meine Eltern treffen sich oft mit Kitaj und Sandra, die in Chelsea wohnen. Kitaj ist ein amerikanischer Maler, genau wie Sandra, eine beeindruckende dunkelhaarige Schönheit mit blauen Augen. Ihr Aussehen und ihr süßes Auftreten haben etwas derart Perfektes, dass ich sie sofort hasse.

Sie ist zu süß, sage ich zu meinen Eltern.

Sie ist nicht nur süß und schön, sie arbeitet auch hart, sagt meine Mutter. Sie ist eine ehrgeizige Frau.

Ehrgeiz ist meinem Vater zufolge ein Schimpfwort. *Quelle horreur!*, ruft er, als ich ihn danach frage. Wenn du über Erfolg nachdenkst, *c'est la fin*. Das Ende.

Findest du Sandra ehrgeizig? Mami findet das.

Ich weiß nicht, grummelt er.

Und was ist mit Mami? Findest du nicht, sie sollte ehrgeizi-

ger sein? Sie schreibt Gedichte und fast nie werden sie veröffentlicht.
Sie braucht Geduld und Durchhaltevermögen. DURCHHALTEVERMÖGEN. Es wird schon noch kommen. Glaubst du, bei mir ist es über Nacht gekommen?
Ja, ist es, möchte ich beinahe sagen. Du hast immer gesagt, dass der Erfolg zu dir kam, ohne dass du etwas dafür getan hast.

Du hattest Glück, schaffe ich zu sagen.
Glück? An so etwas glaube ich nicht.

Ob sie an Glück glaubt oder nicht, meine Mutter ist eine stille Durchhalterin.
Sie pflegt unsere Wehwehchen und Schmerzen und beruhigt ihren tobenden Mann.
Sie kocht und putzt und versucht während der Brüllduelle zwischen mir und meinem Vater oder meiner Schwester Frieden zu stiften.
Denn ich brülle so laut, dass sich die Nachbarn über mich beschweren.
Wenn ich ihnen im Haus oder auf der Straße über den Weg laufe, senke ich den Blick.

Gelegentlich findet meine Mutter Zeit zum Lesen und Schreiben, in ihrem kleinen Arbeitszimmer. Manchmal ruft sie uns hinein.

Alba, Noga, hört mal zu, sagt sie.
Sie liest dann laut. Virginia Woolf. Jane Austen. Ein Sonett von Shakespeare. Yeats. Einige Worte treiben ihr Tränen in die Augen, als würde sie unerwartet über eine Schwelle stolpern.

Ich flüchte vor ihren Tränen.

Meine Mutter bekommt Krebs, wird geheilt, schreibt ein Buch, das schließlich veröffentlicht, aber kein Erfolg wird. Sie schickt Gedichte an verschiedene Zeitschriften. Einige werden veröffentlicht, viele nicht. Ihr macht es anscheinend nichts aus, warum sollte es dann mir etwas ausmachen?

Aber es macht mir etwas aus. Ihre Gleichgültigkeit irritiert mich. Sie scheint aufgegeben, ohne es überhaupt versucht zu haben. Als würde sie nicht wirklich an sich glauben. Und die Widerstandskraft? Das Kämpfen für etwas?

10

Kitaj und mein Vater malen Portraits voneinander. Ein bärtiger Kitaj, ein gestrenger Vater. Sie diskutieren über französische Geschichte und jüdisches Gedankengut.
Sandra kommt zum Lunch. Meine Mutter serviert geräucherten Lachs. Zur Feier des Tages, sagt sie.
Mein Vater öffnet eine gute Flasche Weißwein. Auf uns!, sagt er und erhebt das Glas.

Ein paar Wochen später verkündet Sandra, dass sie ein Kind erwartet und dass sie heiraten werden.
Sie gehen mit uns in ein texanisches Hamburgerrestaurant auf der Gloucester Road. Kitaj und mein Vater unterhalten sich über Malerei und ein paar, mittlerweile gemeinsame Freunde. Seine Begeisterung für Kitaj hat meinen Vater dazu bewegt, ihn vielen seiner Freunde vorzustellen. Kitajs und Sandras Begeisterung für uns ist jedoch klar begrenzt. Wir werden nicht Teil ihres Freundeskreises, einer glamourösen Gruppe von Malern und Schriftstellern. Denn die beiden haben etwas Glamouröses. Ich spüre es, besonders, als meine Eltern von ihrer Hochzeit erfahren, zu der sie nicht eingeladen sind.
Meine Eltern sind zu authentisch, um glamourös zu sein. Sie erklären sich, wenn sie schweigen sollten, und reagieren, wenn sie Distanz wahren sollten.
Viel Aufrichtigkeit, wenig Geheimnis.
Sie können sich noch so viel unter Aristokraten oder die *beau monde* von Paris mischen, sie werden immer als Künstler betrachtet werden. Leicht exzentrische jüdische Künstler, die in einer Atelierwohnung im 13. Arrondissement leben.

11

Savta wurde im Jahr 1936 erneut schwanger. Sie stillte ihren Sohn zur selben Zeit, als ihre Mutter ihr letztes Kind stillte.

Ich sehe sie, wie sie über den Hof ihres Hauses läuft, um ihre Mutter zu besuchen. Sie hat zu dem Zeitpunkt drei Kinder, die älteren hängen an ihrem Rockzipfel und möchten Essen, Trinken und Zuwendung, die sie gerecht unter ihnen verteilt.
Sie ist arm, aber das ist ihr egal. Sie kennt es nicht anders. Armut, Kinderkriegen und ein fester Glaube an Gott, der sie durchhalten lässt und davor bewahrt, an schwierigeren Tagen zusammenzubrechen.
Manchmal muss sie sich daran erinnern, dass sie einen Mann hat. Er ist so oft weg, dass die Erinnerungen und sein Aussehen trübe und unscharf geworden sind.

VII

I

Nach Karls Tod infizierten sich Pepi und Vigo mit Typhus. Wie auch viele andere, die bei Frau Feinstein nächtigten. Nach ein paar Tagen waren von den ursprünglich fünfundzwanzig nur noch zehn übrig. Die Leichen wurden in eine Grube geworfen.

Pepi fiel ins Koma. Man musste sie irgendwie retten. Der Blick meines Vaters, der unterdessen wieder gesund war, fiel auf Karls Aktenkoffer.
Die ätherischen Öle. Karl hatte ihm von ihren unterschiedlichen Eigenschaften erzählt.
Mein Vater öffnete den Koffer und rieb Pfefferminze auf Pepis Brust. Dann nahm er Eis vom gefrorenen Boden und rieb ihr damit den Kopf ein.
Und, wie durch ein Wunder, nach ein paar Tagen erwachte Pepi aus dem Koma.

Sie flohen nachts aus Lutschinez. Pepi, Vigo, Elena. Sie waren fünf Tage unterwegs und überquerten auf einer schmalen Bohle eine Schlucht. Keiner von ihnen konnte schwimmen.
Sie kamen nach Moghilev-Podolski. Das war ein Ghetto in Transnistrien in einem von Deutschen besetzten Gebiet, das

von Juden errichtet worden war und unter der Aufsicht von rumänischen und deutschen Soldaten stand.

Hast du dort den Mann getroffen, der dich beschützt hat?, frage ich.
Ja. Jägendorf.
Ich höre, wie sich meine Mutter und Schwester nebenan in der Küche unterhalten. Meine Mutter macht Abendessen.
Mein Vater steht ungehalten auf.
Könnt ihr nicht die Tür zumachen? Es stinkt! Wie oft muss ich dich denn noch bitten, die Tür zuzumachen? Ich hasse Essensgeruch!
Er setzt sich wieder und grummelt vor sich hin.
Jägendorf? Ich helfe ihm auf die Sprünge.
Ja. Siegfried Jägendorf war ein wichtiger Ingenieur aus der Bukowina, der früher für Siemens gearbeitet hatte. Er traf eine Abmachung mit den Behörden, genauer gesagt mit dem Kommandanten von Moghilev, dass er jüdische Arbeiter beschäftigen durfte; so schützte er sie vor der Vernichtung. Jägendorf wandelte eine Ersatzteilfabrik in eine Gießerei um, die Brücken wiederaufbaute. Er fertigte auch Öfen für die Zivilbevölkerung und leitende Regierungsbeamte. Zwischen 1941 und 1944 arbeiteten rund 10 000 Juden für Jägendorf. Ich war einer von ihnen.
Man nannte uns seine Kadetten. Wir bauten eine Brücke über den Dnister. Das war harte Arbeit.

Er hält inne. Ich erinnere mich an einen kleinen Jungen, er war bestimmt nicht älter als sechs. Er verkaufte an der Brü-

cke Zigaretten. Er rief immer: Zigaretten! Tabak! Zigaretten! Tabak!
Das Ghetto war brechend voll. Zehn SS-Männer patrouillierten durch die Gießerei, begleitet von ukrainischen Wachen. Sie waren grausam.
Wir bekamen täglich eine Schüssel Suppe. Obenauf schwammen einzelne kleine Linsen. Wir hatten Hunger, die ganze Zeit.
Die Menschen waren verzweifelt. Sie tauschten Schuhe gegen ein Stück Brot. Ein Hemd gegen eine Kartoffel. Und so weiter. Wir nannten das *Samenjat*, das ukrainische Wort für tauschen.
Das Ergebnis war, dass zu Beginn des Winters 43 viele Menschen keine Schuhe mehr hatten, keine Kleider.
Im Januar sah man, wie sie sich über die Straßen des Ghettos schleppten wie Tiere, da ihnen Beine und Füße erfroren waren.

Und deine Mutter und Schwester? Wo waren die?
Mein Vater starrt lange leer in die Luft.
Ich weiß es nicht mehr, sagt er schließlich.

2

Die Direktorin der Schule bestellt meine Eltern zu sich. Sie sagt ihnen, dass ich nicht länger in ihrer Einrichtung bleiben kann. Sie schlägt ihnen vor, eine andere Schule für mich zu suchen. Wahrscheinlich würde mir eine strengere gut tun. Ich habe schlechte Noten und die falsche Einstellung. Alles falsch. Zu abgelenkt durch Jungs, kein Interesse am Lernen. Ich habe oft geschwänzt und gelte als aufsässig.

Geschwänzt? Abgelenkt durch Jungs? Was für Jungs? Du bist fünfzehn! Wie kann es sein, dass du von zwei Schulen fliegst? Was ist mit los deiner Einstellung? Wo ist dein Interesse?

Ist mir egal. Oder auch nicht, aber ich weiß nicht, wie es sich anfühlt, wenn es einem nicht egal ist.

Du bekommst kein Taschengeld, bis du zu einem Therapeuten gehst, erklärt meine Mutter entschlossen.

Meine Mutter macht einen Termin bei einem namhaften Kinderpsychologen auf der Rive Gauche.

Widerwillig gehe ich hin.

Er ist groß, hat schlaffe Augenlider und lehnt sich in seinem Stuhl zurück, wenn er redet.
Wo scheint denn das Problem zu liegen?, fragt er mich.
Nirgends. Kein Problem. Meine Mutter hat gesagt, ich kriege kein Taschengeld, wenn ich nicht zu Ihnen gehe.
Aha.
Er versucht zu lächeln. Und warum will deine Mutter unbedingt, dass du zu mir kommst?
Ich bin zum zweiten Mal von der Schule geflogen.

Warum glaubst du, ist das passiert?, fragt er.
Ich zucke mit den Schultern. Wahrscheinlich bin ich eine schlechte Schülerin.
Aha.
Er verschränkt seine Finger und schaut mich aufmerksam an.
Möchtest du mir mehr darüber erzählen?
Da gibt's nicht viel zu erzählen …
Das Gespräch plätschert dahin.

Vielleicht bin ich schwanger, lüge ich.

Ich bin noch Jungfrau. Aber das weiß niemand.

Warst du schon beim Arzt?, fragt er.
Nein.
Das wäre vielleicht ganz klug.
Vielleicht.

Als ich nach Hause komme, sage ich meiner Mutter, dass ich nie wieder zu diesem Therapeuten gehe. Es war Horror, sage ich.
Ich schmeiße meine Zimmertür zu. Ich fülle mein Tagebuch mit Flüchen gegen meine Eltern, die Schuldirektorin und meine Freundinnen, Alexandra und Sophie. Ich lege leise The Clash und die Pretenders auf und lasse bis zum Abendessen niemanden rein.

Abends kommt Sam. Er klopft an meine Tür. Er lässt ein

Kompliment über mein Haar fallen. Ich habe die widerspenstigen Locken geglättet.
Sams ätherische Gegenwart tut wohl. Am liebsten würde ich ihm von einer neuen Geschichte erzählen, die ich geschrieben habe.
Aber ich traue mich nicht.
Er bittet mich, ihm etwas auf dem Klavier vorzuspielen. Als ich fertig bin, rutscht er zu mir auf den Klavierhocker und spielt eine Beethoven-Sonate.
Ich drehe mich weg. Ich erkenne jede Note.
Ich schließe die Augen. Er spielt ein Cis. Jetzt ein D. Jetzt ein Es.
Überall höre ich Töne.
Musiktropfen, die wie Regen in ein Klangmeer fallen. Meine unsichtbaren Freunde.
Ich schwimme in Dur und Moll. Ich bade in Unmengen weißer Tasten und erschrecke eine schüchterne Achtelnote.
Ich erklimme ein Crescendo, pausiere eine halbe und treibe dahin in den Armen einer düsteren ganzen Note.
Ich schaffe die perfekte Harmonie mit einem A, C und E. Zerstöre sie durch eine schwarze Taste. Zum Beispiel Cis.

Wie leicht Harmonie in Dissonanz versinkt.

Du hast ein absolutes Gehör, sagt meine Klavierlehrerin. Das ist eine Gabe.
Eine Gabe? Was soll ich daraus machen? Wer hat etwas davon?
Niemand außer dir, sagt sie.

Jetzt habe ich eine Waffe. Eine Geheimwaffe. Ich weiß noch nicht genau, was ich damit mache, aber das ist egal. Das Wissen um sie gibt mir Kraft.

Abends versuche ich am Tischgespräch teilzunehmen.
Sam erzählt von der Schauspielerin Billie Whitelaw und ihrer Rolle in seinem Stück *Nicht ich*.
Ich rede. Mein Vater sagt mir, ich soll still sein. Wie oft muss ich dich denn noch bitten, nicht dazwischenzureden?, bellt er.
Schatz, sie hat etwas Interessantes zu sagen, protestiert meine Mutter. Lass sie reden.
Ich schaue meine Schwester an.
Noga hat immer etwas Interessantes zu sagen. Mein Vater bittet sie nie, still zu sein.
Was wolltest du sagen?, blafft mein Vater.
Nichts, murmele ich. Nichts Interessantes.
Nicht ich. Ich doch nicht.

3

Als ich einmal nachmittags aus der Schule komme, höre ich meinen Vater aufgeregt telefonieren, er wiederholt das, was er hört, für meine Mutter, die neben ihm steht und sehr besorgt aussieht.

Das Gespräch klingt wie ein Telegramm.

Anna.
Geflohen.
Arabischer Freund.
Verschwunden.
Seit sechs Tagen.
Beirut.
Glauben sie.
Ja. Beirut.
Polizei ist eingeschaltet.
Nein.
Kein neuer Freund. Joussef. Familie steht irgendwie in Verbindung zu Assad in Syrien.
Assad!
(Es folgen Beschimpfungen.)
Lucia völlig fertig.
Ist ja klar.
… In sechs Tagen zehn Jahre gealtert.
Machen wir, klar.
Kellner hat sie im Restaurant gesehen.
Champs-Elysées.
Champagner? In dem Alter?
Die Liebe lässt einen verrückte Sachen machen, sagt meine Mutter.
Ja. Anna ist neunzehn.

(Wäre ich doch neunzehn!)

Dann verliere ich den Faden. Die Stimme meines Vaters wird leiser, als würde er meine Anwesenheit spüren.

Ich gehe in mein Zimmer.

Noga ist mit ein paar Freunden ins Kino gegangen. Wäre sie doch hier, dann könnte ich ihr sagen, was ich gehört habe.
Anna ist verschwunden. Wo ist sie?
Was würde passieren, wenn ich mit einem Mann verschwinden würde?
Wohin würden wir gehen?
Würde Noga mich verraten?

Zu Hause sinniert Noga über den Begriff des Staubs, während ich rumnerve, welches Oberteil ich anziehen soll.
Ihre Aufsätze werden in der Schule laut vorgelesen und ihre Ernsthaftigkeit wird wie ein kostbares Juwel behandelt.
Noga, die Eule.

Ich bin gemein zu meiner Schwester.
Ich zeige mit dem Finger auf sie und kichere.
Ich wähle meine Worte mit Bedacht. Ich benutze die erniedrigendsten Adjektive, damit sie merkt, wozu ich fähig bin.

Ich bin gemein.
Ich bin hart.
Ich bin skrupellos.

Gleichgültigkeit ist eine vergnügliche Neuentdeckung. Bis überraschend ein Schuldgefühl auftaucht, wie ein entgegenkommendes Auto in einer scharfen Kurve.

Der Zusammenprall ist vernichtend.
Noga verzeiht mir.

Ich schließe die Augen und versuche mir vorzustellen, wie es ist wegzulaufen.

Ich glaube, ich hätte nicht den Mut.

Ich glaube an dich, Anna. Insgeheim. Ungestüme Anna. Wäre ich doch so frei wie du.

4

Mein Klavier ist mein Freund. Es wurde gekauft, als ich vierzehn war, ein tschechisches Instrument, auf dem einst Vladimir Ashkenazy gespielt hat. Zumindest sagt man mir das.
Es wird direkt in mein Zimmer befördert und steht an der Zimmerwand, die meins und Nogas Zimmer trennt.
Es wird zum Empfänger meiner Stimmungen und musikalischen Experimente. Eines Nachmittags, nachdem ich ein Präludium von Chopin geübt habe, bleiben meine Finger auf den Tasten liegen und ich lasse ihnen freien Lauf. Das Ergebnis überrascht mich, mein erstes Stück. Aber sobald ich versuche, es zu wiederholen, habe ich es schon vergessen. Stattdessen entsteht wie durch ein Wunder noch eine Melodie, als hätte sie sich schon die ganze Zeit versteckt.

Töne fliegen durch die Luft und landen wie übermütige Farben auf dem Klavier.

Ich kann improvisieren.
ICH KANN IMPROVISIEREN!, rufe ich.
Meine Mutter kommt ins Zimmer.
Was brüllst du denn so rum?, fragt sie und wischt sich ihre Hände an der Schürze ab.
Ich spiele stolz etwas vor. Das ist mein Stück, sage ich ihr.
Es klingt schön, sagt Noga.
Du weißt, was ich von dieser Art Musik halte, sagt mein Vater, der gerade hereinkommt.
Aber ich habe es selbst komponiert, sage ich.
Es gibt nur eine Art von Musik, erklärt er und verlässt das Zimmer.

Später höre ich, wie meine Mutter ihn zurechtweist. Warum machst du sie immer nieder?
Als ich in die Küche komme, entschuldigt sich mein Vater.
Es tut mir leid, sagt er. Er nimmt mich in den Arm und gibt mir einen Kuss auf den Kopf. Vielleicht ist es ja gut. Ich verstehe einfach nichts von diesen Dingen.

Ich weiß. Und dieses Mal ist es mir wirklich egal.

VIII

I

Die Marvilles haben ein weitläufiges Haus auf dem Land, an der Oise in der Nähe des Dorfes Chaumont-en-Vexin. Wir verbringen etliche Wochenenden dort, umgeben von Familienmitgliedern aller Altersgruppen.
Edouard Marville ist ehemaliger Premierminister. Seine turmhohe, leicht gebeugte Gestalt mit sanften blauen Augen schrumpft scheinbar in der Gegenwart seiner winzigen Gattin Jacqueline, einer reizbaren und überheblichen Frau, die ihren Mann formell siezt und mit einschüchternder Autorität über ihr Gefolge herrscht. Doch Jacqueline hat auch eine großzügige Seite. Einen Sommer bietet sie uns an, ein kleines Häuschen auf ihrem Anwesen zu bewohnen.
Bleiben Sie, solange Sie wollen, sagt sie. Es steht leer.

Wir bleiben drei Jahre in Folge, es wird *unser Haus auf dem Land*. Oder *unser Wochenendhaus*, wie ich meinen Freundinnen stolz erzähle.

Jetzt bin ich endlich eine von *ihnen*.
Von denen, für die Komfort höchste Priorität hat.
Von denen, die niemals öffentlich über Geld reden, weil sie privat welches haben.
Von denen, die nicht die richtigen Bücher lesen, die aber mehr kapieren als die, die sie lesen.

In Chaumont freunden wir uns mit einem Taxifahrer an, der uns, wenn nötig, zum Bahnhof bringt oder von dort abholt. Zum Supermarkt. Zur Apotheke. Zum Haushaltswarenladen.
Bald kennen wir uns in der Gegend aus. Wiesen und karge Hügel. Noga und ich fahren auf den Landstraßen Fahrrad und hüpfen auf die Heuhaufen des benachbarten Bauernhofs.
Wir machen mit meinem Vater Spaziergänge im nahe gelegenen Wald. Herbstblätter rascheln unter unseren Füßen, als er uns energisch durch ein Labyrinth von Birken führt. Welch eine Luft!, ruft er. Und streckt zur Verdeutlichung die Arme hoch über den Kopf. In dieser frischen Luft muss man tief durchatmen!

Noga und ich heben unsere Arme und atmen tief durch. Aber wie sehr wir uns auch bemühen, die frische Luft zeigt bei uns nicht dieselbe Wirkung.

Wir befreunden uns mit einigen Enkeln der Marvilles. Eine von ihnen, Marie, ist ein Jahr älter als ich und sehr groß, wie ihr Großvater. Sie spricht langsam, als wollte sie sichergehen, dass ich sie verstehe.

Ich mag Marie, aber sie ist ein bisschen merkwürdig, erzähle ich meiner Mutter.
Das liegt an ihrer Art, sagt meine Mutter. Der Art, wie sie die Worte ausspricht. Ihre ü-ber-deut-li-che Aussprache entspricht den Regeln, wie es sein soll.

Genau. Warum sprichst du nicht wie Marie, wirft mein Vater ein. Statt zu sprechen wie all diese 68er-Missgeburten … Ganz schlimm war dieses 1968. Der Anfang vom Ende. Das Ende aller Moral und Werte.
Ich mag keine Moral und Werte, erwidere ich.

An einem verschneiten Wochenende machen wir ein Feuer, sitzen um den Küchentisch und spielen Karten. Noga hat ihren Freund Adam zu uns eingeladen.
Meine Karten bräuchtet ihr, erklärt mein Vater mitten im Spiel.
Das darfst du uns doch nicht verraten!, rufen wir. Du musst so tun, als hättest du sie nicht!
Ich muss lügen?
Es ist keine Lüge, Schatz, es ist ein Spiel, sagt meine Mutter mit ihrer tröstenden Stimme.

Mein Vater wirft die Karten auf den Tisch.
Ich will nicht mehr spielen. Ich will nicht lügen.
Aber es ist doch nur ein Spiel!, kreischen wir unisono.

Ich mag keine Spiele, erklärt er, steht auf und geht weg.

2

Wir streiten zu Hause. Lautes, schreckliches Streiten. Ich schreie und zittere vor Wut, manchmal schäume ich regelrecht.

Meine Schwester zieht sich in eine Ecke zurück und ich werfe mich auf den Fußboden. Ich will ausgehen. Sophie gibt eine Party. Ihre Eltern sind nicht da. Olivier will kommen.
Der Junge aus dem Café.
Ich muss da hin.

Meinst du, du kannst einfach gehen, wohin du willst? Meinst du, du kannst einfach tun, was du willst? Wieder und wieder werde ich das gefragt. Führt sich so eine Fünfzehnjährige auf?
Nein, bestimmt nicht. Aber ich bin keine normale Fünfzehnjährige und das hier ist keine normale Familie.
Meine Mutter steht auf meiner Seite. Versucht, meinem Vater zu erklären, dass mein Verhalten für eine Jugendliche ganz normal ist. Dass nichts Schlimmes dabei ist, zu Sophie zu gehen.
Mein Vater ist da anderer Meinung.
Er schreit wieder, ich schreie zurück. Hört bitte auf, fleht uns Noga an. Bitte.
Dein Vater hatte keine Jugend. Er versteht nicht, was du gerade durchmachst, versucht meine Mutter zu erklären.
Ich bin nicht im Konzentrationslager!, brülle ich. Ich habe ein Recht auf ein normales Leben.
Ich falle zu Boden. Diesmal bin ich in einer kurzen Ohnmacht. Als ich Sekunden später wieder zu mir komme, habe ich das Gefühl, von einem sehr dunklen Ort zurückzukehren.
Alles in Ordnung?, sagt meine Mutter.

Ich weiß nicht, antworte ich leicht zitternd.
Warst du wieder ohnmächtig?
Ich weiß nicht …
Wir sollten zu Dr. Bamberger gehen, sagt meine Mutter zu meinem Vater.
Mein Vater fügt sich, schüttelt langsam den Kopf.

Ich gewinne den Kampf. Immer. Ich weiß, dass mich mein Vater am Ende nie bestraft. Er hört immer auf halbem Weg auf, ein paar Schritte, bevor er sich durchsetzen würde.

Ich gehe, sage ich, berapple mich und stehe auf, langsam.
Du solltest nicht diese hohen Schuhe tragen. Die sind sehr spitz. Damit machst du dir die Füße kaputt.
Ist mir doch egal, antworte ich. Außerdem sind sie gar nicht so spitz.
Sei vorsichtig, sagt mein Vater zögerlich. Sei vorsichtig, mein liebes Töchterchen.
Er will mir einen Abschiedskuss geben. Ich stoße ihn weg.

Sei vorsichtig. Tu dies nicht. Tu das. Wie kannst du es wagen? Dummes Mädchen. Aber hübsch. Und begabt. Aber wie kannst du dein Talent nur so verschwenden? Und warum magst du nicht das, was ich mag? Warum?

Weil du es magst.

Ich werfe die Wohnungstür hinter mir zu und ziehe im Fahrstuhl meine Jeans aus. Ich nehme die Metro, trage einen

Minirock, Netzstrümpfe, Absatzschuhe und knallroten Lippenstift. Ich steige an der Station Kléber aus und laufe ein paar Querstraßen weiter zu Sophies Haus auf der Avenue Kléber. Die Party ist in vollem Gange. Die Musik ist laut, viele tanzen. *Talk about, pop music. Talk about, pop music*, singt eine Männerstimme. Ich tanze mit und werfe meine Arme in die Luft. Ich tanze, bis ich ins Schwitzen gerate.
Olivier kommt auf mich zu.
Er trägt wieder das Halstuch. Olivier und ich unterhalten uns. Wir rauchen einen Joint. Dann grabscht er mich an und steckt mir seine Zunge in den Mund. Du bist so sexy, sagt er.

Er tanzt mit mir. Ich bleibe den Rest des Abends in seinen Armen. Wir fummeln auf einem Bett in dem Zimmer, in dem die Mäntel liegen, und er fasst mir unter das T-Shirt. Dann kommt jemand ins Zimmer gerannt, macht das Licht an und sagt, dass die Polizei da ist.
Ein paar von uns verschwinden schnell durch die Küche über die Hintertreppe. Ich hab eine Freundin, sagt mir Olivier, bevor ich ihn aus den Augen verliere.

Wichser, murmele ich.
Ich hab kein Geld für ein Taxi und fahre mit der letzten Metro. Verschmierter Lippenstift. Zerfetzte Strumpfhosen. Ein Riesenfleck auf meinem Minirock. Meine Jeans hab ich bei Sophie liegen gelassen.
Mir gegenüber sitzen zwei Männer und eine betrunkene Frau.

Ich hab Angst.
Aber ich zeige es nicht.

Sei vorsichtig, mein liebes Töchterchen.
Ja.

3

Meine Mutter hat ihre Arme um mich geschlungen, ihr Parfum hüllt mich in eine Wolke von Nelken.
Gute Nacht, mein Mädchen. Sei nett zu deiner Schwester, ja?
Sie wechselt ihr Parfum mit den Jahreszeiten. Im Winter, l'Heure Bleue, Guerlain. Im Sommer, le Dé, Givenchy.
Die Duftnoten mischen sich mit ihren Cremes und Kosmetika. Mit der Wärme ihrer seidigen Haut.
Viele Jahre später fällt sie hin und schlägt sich den Kopf auf, an den blauen Bodenfliesen in der Metrostation Auber. Ihr Geruchssinn gerät in Mitleidenschaft und sie fängt an, Parfums zu mischen. Chanel mit Guerlain. Dior mit Givenchy. Süßes und Frisches, Moschus und Zitrus. Die Düfte beißen sich und ich sage es ihr.
Ich mag es so, sagt sie dann.
Aber es riecht nicht gut …
Ich mag es so.

Wir gehen zu den Vians, sagt meine Mutter an diesem Abend zu mir. Wir kommen nicht spät.

Antoine Vian ist der Direktor des Centre Pompidou, seine Frau arbeitet im Louvre. Sie sind ein gut aussehendes Paar und verkörpern den verführerischen ›Parisianisme‹ der Rive Gauche, einen zarten Hauch Bohème kombiniert mit tadelloser intellektueller Perfektion.

Bin ich eine echte Pariserin?, frage ich mich.
Zu Hause bin ich eine Schachfigur, die auf der Landkarte von einem Punkt zum anderen gewirbelt wird.
Nach Osten.
Dann weiter nach Süden.
Dann irgendwo in die Mitte.
Welche Mitte?
Wir Juden gehören nur zu unserer Geschichte, behauptet mein Vater.
Zu keinem Land? Wir gehören nirgendwohin?
Genau.
Aber was ist mit der Sprache? Kultur? Nationalität?
Wir sind Juden, weiter nichts. Keine Nationalität.
So etwas wie französische Juden, italienische Juden gibt es also nicht?
Nein.
Also ist Jüdischsein eine Kultur? Und eine Religion?
Es ist eine Kultur und Identität.

Für mich nicht. Jüdin zu sein ist für mich nur ein Detail. Wie grüne Augen. Oder Locken. Vielleicht ein zu mir gehörender Teil, aber keiner, dem ich viel Beachtung schenke. Wozu denn? Er definiert mich nicht. Er ist einfach da.

Meine Gedanken werden nicht durch meine Religion angeregt, sondern durch meine Kultur. Meine französische Kultur, gemischt mit ein paar israelischen und amerikanischen Wurzeln. Beziehungsweise Sympathien. Wurzeln scheint mir ein zu intimes Wort für diese anderen Kulturen, die sich für mich fremd anfühlen, wenn ich da bin, paradoxerweise jedoch vertraut, wenn ich nicht da bin.
Ich spreche mit meiner Schwester französisch, manchmal auch mit meinem Vater. Außerhalb von zu Hause bemühe ich mich, eine typische Pariserin zu sein, gelassen und scheinbar selbstbewusst.
Zu Hause sind wir so weit entfernt von Gelassenheit wie nur möglich. Unsere zusammengewürfelte Herkunft und hitzige Erbmasse ergeben eine feurige Mischung.
Manchmal möchte ich meinen Kopf aufs Kissen legen und so tun, als lebte ich anderswo.
Aber ich weiß nicht genau, wo.

4

Es gibt Abendessen. Meine Mutter hat für uns Hühnerbrust gemacht, gefüllte Tomaten und Spinat.
Mein Vater erzählt uns von den Sumerern.
Die Sumerer bekämpften die Akkadier, die auf die Arabische Halbinsel gezogen waren und Städte in Mesopotamien gründeten. Das war 2080 vor Christus.
Nimm doch Spinat, sagt meine Mutter zu mir.
Nein, danke.

Akkad war Teil des Akkadischen Großreichs, fährt mein Vater fort. Alba, hör auf herumzuzappeln.

Tu ich nicht.
Es gab zwölf Städte im Königreich Sumer. Wisst ihr, welche?
Nein.
Schatz, woher sollen die Mädchen das denn wissen, wirft meine Mutter ein.
Sie sollten das wissen! Als ich so alt war wie sie, wusste ich das natürlich!
Das Telefon klingelt.
Ein Junge, sagt mein Vater und reicht mir unverzüglich den Hörer.

Ich spreche leise. Hallo, wer ist da?
Du Hure, sagt eine Teenagerstimme. Du bist eine echte kleine Hure. Weißt du, was eine Hure ist, Alba?

Ur. Kisch. Lagasch.

Ich lege auf. Mir ist schwindlig.

Wer war dran?, bellt mein Vater.
Ich zucke mit den Schultern, versuche so zu tun, als wäre nichts, doch meine Hände zittern.

Wer war da?, fragt mein Vater nochmals.
Ich weiß nicht, murmele ich. Hatte sich verwählt.

Sumerisch ist die weltweit älteste Schrift. Auch das erste arithmetische System wurde dort entwickelt. Und zwar, wie ihr vermutlich wisst, in der Ubai-Periode zwischen 6500 und 3800 vor Christus.

Ich schneide mein Huhn in kleine Stücke und merke, dass meine Hände immer noch zittern wie verrückt.

5

Mein Korsett wird entfernt. Der Arzt im Saint-Vincent-de-Paul-Krankenhaus rät sehr zu einer Operation.
Sie braucht einen Metallstab in der Wirbelsäule, sagt er zu meiner Mutter. Die Skoliose ist immer noch sehr ausgeprägt. Wir haben sie durch das Korsett nicht korrigieren können.
Wir werden darüber nachdenken, sagt meine Mutter.

Wir verlassen das Krankenhaus und ich breche in Tränen aus. Keinen Metallstab, bitte, flehe ich. Ich will nicht operiert werden.
Meine Eltern geben schließlich nach.
Vielleicht bekommst du dann später einen Buckel, warnt mich meine Mutter.
Ist mir egal, antworte ich.

Erst mal lebe ich, was ich bin. Ein junges Mädchen, Paris 1981. Groß und dünn. Lange spillerige Beine und eine dünne

Taille. Dickes lockiges Haar, das ich stundenlang zu glätten versuche.
Lippenstift und Eyeliner. Croque Monsieurs und Schnitzel. Hummus und Schokoladenmakronen. Französisch und Englisch. Mozart-Sonaten und Serge Gainsbourg. Diskos und Partys. Zigaretten und zerfetzte Jeans. Émile Zola und Jack Kerouac. Degas und de Kooning. Gary Cooper und Alain Delon. Beste Freundinnen und Freunde. Verführung und Ablehnung.

Zu Hause höre ich alles über die neue, ungebildete Generation. Über den Kampf der Kulturen. Über frühere Zeiten und bessere Zeiten und die guten alten Zeiten.

Über das Barbarische, das in unsere Kultur Einzug gehalten hat. Darüber, wie früher alles so viel mehr *raffiné* war. 1968 hat alles zerstört, beklagt mein Vater regelmäßig. Als diese barbarische Musik aufkam mit all diesen schrecklichen, vulgären Gestalten. Schubert hätte sich im Grab umgedreht …

Vielleicht. Vielleicht wäre er beim Rock 'n' Roll aber auch im Zweifel für den Angeklagten gewesen.
Schließlich ist die Welt voll von begabten Musikern.
Schubert hätte das auch gefunden, hätte er mich angehört und nicht meinen Vater.
Er war sehr offen, dieser Schubert, neugierig und großzügig.
Ich spüre das in seiner Musik.

6

Im Ghetto von Moghilev-Podolski gab es keine Musik.
Es gab den Klang von Hacken und Bohrern, Bajonetten und Gewehren.
Es gab den Klang Weinender und Sterbender.
Es gab den Klang derer, die nachts hingerichtet wurden von den ukrainischen Wachen, die ordentlich Wodka hinterkippten, nachdem sie ihre Taten vollbracht hatten.

Es gab den Klang von Körpern, die mit lautem Bums in Gruben geworfen wurden.
Von Männern und Frauen, die geschlagen und gefoltert wurden.
Von Kindern, die weinten, und Frauen, die die Tränen abwischten.
Schh, schh, flüsterten sie.
Der Klang zaghaften Trosts.
Der Klang von Verzweiflung.

Wir sitzen im Atelier. Ein Windzug kommt durch das offene Fenster.

Im Lager gab es einen Mann namens Nauschütz, erzählt mir mein Vater.
Nauschütz war ein deutscher Offizier, der beschlossen hatte, uns zu helfen. Er war sehr mutig und immer in Begleitung eines Zwerges namens Max.
Nauschütz beschaffte Max Kleidung und kümmerte sich

um ihn. Er wurde eine Art Assistent, und nie sah man den einen ohne den anderen. Max, der jüdische Zwerg, Nauschütz, der deutsche Offizier.
Eines Tages erschien Nauschütz mit Milch. Sie war in einer Metallbüchse gefroren, aber wenn man nur kräftig genug dagegenschlug, tröpfelte ein wenig weiße Flüssigkeit raus.
Viele bekamen an diesem Tag ein paar Tropfen, außer den gläubigen Juden aus dem Ghetto, die Max hassten. Abergläubisch und argwöhnisch gegenüber Zwergen, lehnten sie die Milch ab. Du bringst uns Pech, sagten sie. Weg mit dir. Husch.

Max verschwand und Nauschütz ebenfalls.

Hast du was von der Milch getrunken?, frage ich meinen Vater.
Nein.
Warum nicht?
Weiß ich nicht mehr.
Aber warst du nicht am Verhungern?
Ja, wie alle. Viele Menschen aßen Erde, Müll, Sachen, die sie auf dem Boden fanden. Es war ihnen egal. Aber mir nicht. Eines Tages, nach meinem Kampf gegen den Typhus, fand ich eine blaue Zwiebel unter dem Stroh. Ich aß sie. Und sagte meiner Mutter, dass dies die beste Lehre sei, die das Leben mir geben könne.
Sie stimmte mir zu.
Hast du zu dieser Zeit angefangen zu zeichnen?
Ja, ich hatte mittlerweile den Status des *Kadetten* erhalten.

Ich war in verschiedenen Metallbearbeitungstechniken ausgebildet worden. Das hat Pepi, Elena und mich am Leben erhalten. Alle drei Monate wurden achthundert von uns für das Vernichtungslager ausgewählt. Die Untauglichen gingen in den Tod.
Einmal in dem eiskalten Winter 43 ließ ich einen schweren Ziegelstein fallen. Es war so kalt, dass ich dachte, meine Hand wäre mit dem Ziegelstein abgefallen.
Saujude!, brüllte ein SS-Mann und gab mir Hiebe auf den Rücken. Ich hob den Ziegel wieder auf und zuckte vor Schmerz zusammen. Da merkte ich, wie unsicher meine Lage war. Ich war beschützt, ja, aber wie lange?
Und was, wenn statt mir meine Mutter und Schwester weggeschickt würden?

Eines Tages gab mir ein rumänischer Soldat einen winzigen Bleistift und ein kleines Skizzenheft. Da begann ich alles zu zeichnen, was ich sah. Ich malte auch, machte mir aus meinem eigenen Haar einen Pinsel und mischte in der Gießerei Pigmente.

Wo sind die Bilder?
Sie sind verschwunden. Aber du kennst die Zeichnungen.

Stimmt.

Auf den Zeichnungen sind Leichen von Männern und Frauen auf einem Wagen zu sehen, rennende Kinder, Bettler, die an schlammverschmierte Scheiben klopfen, Soldaten, die

die Bettler schlagen, Totengräberwerkzeug. Die Originale sind im Atelier, sorgfältig verstaut in einer Mappe.
Als mein Vater nach dem Krieg wieder mit ihnen vereint wurde, sagte er, sie röchen nach Tod. Nach Lager.
Schaff sie fort, sie stinken nach Tod, sagte er zu meiner Mutter.
Sie roch an dem Stapel.
Sie riechen nicht, sagte sie. Kein bisschen.

Das Telefon klingelt wieder. Ein Freund meiner Mutter. Ich öffne die Küchentür. Ich rufe und höre, wie meine Mutter den Hörer abnimmt.
Ich setze mich wieder.

Wo war ich gerade?
Bei den Zeichnungen.
Ach ja.
Als das Heft voll war, war ich darauf versessen, es binden zu lassen. Ich schmuggelte es in die Gießerei, vor den Augen der SS, und brachte es zu einem Buchbinder, den ich kannte, ein Mann, der früher mit meinem Vater befreundet gewesen war. Der Mann band es mir in buntes Papier. Weiß, lila und rosa.
Ich stopfte es unter mein Hemd und ging weg, mein Herz raste. Da wurde ich vom *Arbeitskommandanten* angehalten. Was haben wir denn da? Er griff nach dem Skizzenbuch unter meinem Hemd und blieb wie angewurzelt stehen.
Er sah sich die Zeichnungen an, dann mich. *Kind, du spielst mit dem Feuer!*, flüsterte er. Du spielst mit dem Feuer.

Er riss die explizitesten Zeichnungen raus und warf sie über die Mauer des Ghettos. Später landete das Skizzenbuch in den Händen von Jägendorf. Nur siebzehn von den ursprünglich dreißig sind erhalten.
Wie hast du sie wiedergefunden?
Mein Vater seufzt.
Nach dem Krieg beschloss Jägendorf, der die Zeichnungen noch hatte, sie unter dem Namen eines seiner Kinder zu veröffentlichen.
Pepi war fuchsteufelswild; sie verklagte ihn.
Sie gewann und bekam das Buch wieder, aus den Händen des israelischen Botschafters in Bukarest. So hat es wieder zu mir gefunden.

Es entsteht eine kurze Pause.
Ich war wütend auf meine Mutter, seufzt er. Ich wollte nicht, dass sie ihn verklagt.
Er war vielleicht unehrlich, aber er hat mir das Leben gerettet. Er hat Tausende Leben gerettet.
Aber es waren deine Zeichnungen!, rufe ich.
Ja, das stimmt. Trotzdem …
Trotzdem was?
Das ist kompliziert. Komm, wir trinken einen Tee.
Okay.
Er verschwindet in der Küche.

Das Telefon klingelt. Es ist Alexandra, meine derzeit beste Freundin. Sie möchte wissen, ob ich am Samstag mit ihr auf eine Party gehe. Du kannst bei mir übernachten, sagt sie.

Alexandra wohnt in einem modernen Haus im 15. Arrondissement. Ihr Vater, ein kleiner Mann mit einer Drahtgestellbrille und einem geheimnisvollen Lächeln, ist Geschäftsführer einer großen Elektronikfirma. Alexandras Mutter ist jung, attraktiv und kleidet sich modisch. Sie kauft und teilt sich die Kleidung mit ihrer Tochter.
Ich sehe mich nicht in den Kleidern meiner Mutter. Falsche Größe. Zu altmodisch.
Aber ihre Kleider riechen gut.

Mein Vater kommt wieder, mit einer Teekanne und zwei Tassen. Ich lege schnell auf und gehe zurück zu meinem Platz. Er gießt Tee ein, dabei stehen steile Falten zwischen seinen buschigen Augenbrauen. Weißer japanischer Tee, sagt er.
Das passt mir nicht. Warum denn kein schwarzer?
Der ist besser für dich.

Jägendorf hat mich gefördert, sagt er und reicht mir die Tasse.
Ich habe in seinem Büro gearbeitet, Handlangerdienste. Als er nach dem Krieg von den Sowjets den Leninorden bekam, erfuhr ich, dass er in der Zeit, als ich für ihn arbeitete, damit beschäftigt war, in den Wäldern Verbindung zu russischen Partisanen aufzunehmen, sie über die deutschen Truppenbewegungen informiert zu halten und ihnen vorbeifahrende Züge zu melden, sodass sie sie in die Luft jagen konnten.
Eines Tages, kurz nach der Schlacht von Stalingrad und

nachdem die Russen Moghilev unter ihre Kontrolle gebracht hatten, bat mich Jägendorf, ein paar deutschen Offizieren das Lager zu zeigen. Ich setzte mich zu ihnen ins Auto und wir fuhren herum. In einem Singer. Ich glaube, die gibt es heute gar nicht mehr.
Die Deutschen schauten mich genau an. Das ist kein jüdischer Junge, da waren sie sich einig. Er hat weder eine jüdische Nase noch solche Ohren.

7

Als eine Kommission des Internationalen Roten Kreuzes zur Inspektion des Lagers kam, zeigte Jägendorf ihnen die Zeichnungen meines Vaters. Die Männer schauten sie schweigend an.

Ein paar Tage später kam Vigo in Jägendorfs Büro und wurde zwei Männern vorgestellt, die er nie zuvor gesehen hatte.
Ihr verlasst heute das Lager, sagten sie zu ihm. Geh und hol deine Schwester. Vigos und Elenas Namen waren auf einer Liste mit 1500 Kindern gelandet, die nach Palästina evakuiert werden sollten, sofern beide Eltern tot waren.
Damit die Evakuierung stattfinden konnte, war es zu einer Abmachung gekommen: Im Tausch gegen Lkws im Wert von einer Million Dollar würden Ion Antonescu, der rumänische Premierminister, und die Nazis so tun, als bemerkten sie nichts. Die Liste der Kinder kam vom Roten Kreuz.

Ein Schwede, ein Jude, der in Stockholm lebte, hatte den Deal initiiert. Die Identität des Mannes wurde nie vollständig geklärt.

Doch Pepi lebte noch. So bekam Vigo den Namen eines toten Kindes. Solomon Leder. Gleiches Alter, ähnliches Aussehen.
Elena bekam den Namen eines Mädchens, Eva Ackermann.

Am 4. März 1944 verabschiedeten sie sich von Pepi. Sie drückte sie an ihren Busen, ganz fest, völlig aufgelöst.
Meine Kinder, meine liben Kinder, flüsterte sie, Tränen liefen ihr über das Gesicht.

Das Lager von Moghilev wurde zwei Wochen, nachdem sie Abschied genommen hatten, befreit.

IX

1

Meine Eltern rufen mich Sonntagmorgen in die Küche.
Wir wollen dir was erzählen, sagt meine Mutter.
Über Anna, sagt mein Vater.

Ich tue so, als wüsste ich nichts.

Anna ist mit einem Mann verschwunden, beginnt meine Mutter.
Einem Araber, unterbricht mein Vater.
Sie ist mit diesem Joussef in Beirut.
Kannst du dir das vorstellen? Mein Vater schüttelt missbilligend den Kopf.
Warum ist sie ihm gefolgt, dieses dumme Ding?
Ich hoffe, sie bleibt nicht für immer dort, sage ich mit gebrochener Stimme. Ich würde sie so gern kennenlernen …
Kennenlernen? Mein Vater schaut mich missbilligend an.
Sie ist meine Cousine.
Das ist kein Grund.

2

Später am Abend finde ich raus, dass Anna nach Hause kommt. Sie hat sich von Joussef getrennt, der wohl am Boden zerstört ist.

3

Meine Mutter kündigt an, dass Elizabeth zum Tee kommt. Sie ist die Tochter eines Regisseurs, eines alten Freunds der Familie.
Elizabeth ist ein Jahr älter als ich und wohnt im 17. Arrondissement. Ihre Eltern kennen Rockstars und Schauspieler und leben ein glamouröses Leben, das so weit von meinem eigenen entfernt ist, dass ich mich nicht entscheiden kann, ob dieses Treffen gut wird oder ein reines Desaster.
Warum möchtest du, dass ich sie kennenlerne?, frage ich meine Mutter. Wir haben einander nichts zu sagen.
Warum wartest du mit dieser Behauptung nicht, bis du sie kennengelernt hast?, erwidert sie.

Als Elizabeth klingelt und vor unserer Tür steht, fehlen mir die Worte. Eine junge blonde Frau mit klaren blauen Augen begrüßt mich herzlich mit einem offenen Lächeln. Ihre Nägel sind gepflegt und sie trägt kein Make-up.
Wie kann man so unangestrengt schön sein?

Geben wir uns die Hand? Küssen wir uns auf die Wange? Ich zeige ihr den Weg ins Wohnzimmer, wo mein Vater Papiere sortiert.
Selten war ich so verunsichert. Mir meiner Make-up-Schichten so bewusst, meiner schlechten Haut, meinem Kraushaar. Elizabeth strahlt eine Selbstsicherheit aus, mit der ich nie mithalten könnte; ich komme mir vor, als spräche ich mit einer Erwachsenen.

Wie macht sie das?
Oder bin ich einfach extrem unreif?

Wir setzen uns ins Wohnzimmer. Sie erzählt von Schule, Freunden, Familie.
Meine Eltern wirken verzückt.
Sie hätte bestimmt einen guten Einfluss auf Alba, höre ich sie beinahe sagen.
Bevor sie geht, fragt mich Elizabeth, ob wir nicht zusammen in eine Ausstellung gehen wollen.
Klar, murmele ich.

Na, magst du sie?, fragt meine Mutter, als sie endlich geht.
Ich zucke mit den Schultern. Nein, nicht sonderlich, nuschele ich.
Ich fand sie reizend, erklärt meine Mutter.
Und schön, ergänzt mein Vater. Genau wie ihre Mutter.

Ein paar Wochen später treffen wir uns und gehen in eine Ausstellung im Grand Palais.
Elizabeth erzählt mir von ihrem derzeitigen Freund und dem Film, den ihre Mutter gerade dreht. Das Selbstbewusstsein, das sie ausstrahlt, ist schwindelerregend. Warum erscheint mir alles so kompliziert? Meine Identität ist so verfilzt wie eine Dreadlock. Ich wüsste nicht mal, wo ich anfangen soll, sie zu entwirren.

4

Ich bekomme einen abgestempelten Luftpostbrief aus Brasilien.
Ich öffne ihn hektisch.
Ein Brief von Anna, mit einem Foto.

Liebe Alba,
ich habe viel von dir gehört. Ich hoffe wirklich, dass wir uns kennenlernen! Ich komme Ende August nach Paris und mache dort meinen Abschluss an der École du Louvre.
Mein Vater sagt, du wolltest gern ein Foto von mir haben. Ich leg dir eins bei, das vor ein paar Monaten in Ipanema gemacht wurde. Du musst unbedingt mal nach Brasilien kommen, es würde dir hier bestimmt gefallen!
Ich rufe bei deinen Eltern an, wenn ich da bin.
Liebe Grüße,
Anna.

Sie sieht tatsächlich so aus, wie ich sie mir vorgestellt habe.
Sie sitzt in einem kurzen weißen Kleid am Strand. Im Hintergrund sieht man das Meer. Ihr Körper ist gebräunt und durchtrainiert.
Ihr Haar ist dunkel und gewellt und sie hat die Beine vor sich ausgestreckt.
Um den Hals trägt sie ein goldenes Medaillon.
Sie hat die Korn'schen Augen. Eindeutig.
Wie ich, nur dunkler.

Hätte ich doch ein Goldmedaillon um den Hals.
Und gebräunte Beine.
(Ich werde nie braun.)
Und dunkles, gewelltes Haar.
Und einen durchtrainierten Körper.

Ich weiß was ich will.
Aber nicht was ich nicht will.
Ich weiß was ich gern wäre.
Aber nicht was ich bin.

5

Im Sommer 82 sehe ich Ilan wieder, in Jerusalem.
Er lädt mich ins Kino ein – wir sehen *M* von Fritz Lang.
Vor dem Ende berühren sich kurz unsere Knie. Danach gehen wir in ein Restaurant mit Blick auf den Berg Zion.
Wir essen Quiche und er übernimmt den Großteil des Gesprächs.
Nach dem Essen steigen wir in sein Auto und machen eine kleine Tour. Wir halten mal hier und mal da, er zeigt mir die Berge und die Sterne. Den Ölberg und in der Ferne das Stadtviertel Silwan. Er umarmt mich und ich spüre, wie meine Knie weich werden.
Du bist eine sehr hübsche junge Frau geworden, sagt er.
Ich bringe kein Wort heraus.

Später vor meinem Haus küsst er mich. Nett, dich wiedergesehen zu haben, sagt er, bevor er wieder ins Auto steigt. Ich ruf dich an, sagt er und fährt dann weg.

6

Wir besuchen Elena und ihren Mann Ezechiel in der Jaffastraße in Jerusalem.
Ezechiel ist Fotograf und arbeitet für die Jewish Agency.
Er sitzt in der Ecke und hantiert mit einer Kamera.
Elena wirbelt um uns herum. Sie ist übergewichtig und raucht wie ein Schlot. Sie hat eine dicke Brille und Schweißringe unter den Achseln.

Elena lässt sich gehen, sagt meine Mutter. Früher war sie sehr attraktiv.
Warum lässt man sich gehen? Kommt das durch das Unglücklichsein oder die Eintönigkeit einer Beziehung?
Eine Freundin meiner Mutter spricht von ihrem Mann immer als *meine bessere Hälfte*.
Ich kann mir nichts Schlimmeres vorstellen, als jemandes andere Hälfte zu werden.

Ich möchte allein mit Elena sprechen. Mehr über Eva Ackermann erfahren und was im Zug passierte, als sie nach Palästina fuhren.
Ich bin zu schüchtern zu fragen. Also macht es mein Vater für mich.
Alba möchte die Geschichte von Eva hören, sagt er.

Elena schaut mich an. Komm mal allein her, dann erzähle ich dir alles, was du wissen willst.
Ich bin froh, dass du eine neugierige Tochter hast, sagt sie zu meinem Vater.
Sie ist sechzehn, stöhnt mein Vater.
Weißt du noch, als wir sechzehn waren?
Mein Vater nickt still und sagt etwas zu ihr auf Deutsch.

Die persönliche Geschichte der beiden.
Am nächsten Tag komme ich wieder zu Elena in die Wohnung.
Sie bietet mir Tee und Kuchen an, genau wie Pepi.
Sie keucht beim Laufen, und ein paar Schweißperlen rinnen ihr die Schläfen hinab.
Sie nimmt eine rosafarbene Pillenschachtel von einem Beistelltisch, schluckt schnell ein paar Tabletten und schaut mich an.
Bei bester Gesundheit bin ich nicht, sagt sie mir. Mein Herz, setzt sie hinterher und zeigt auf ihren großen Busen. Du hast Glück und bist jung und hübsch. Meine Tochter Tamar ist auch hübsch. Aber du kennst sie ja leider nicht gut. Ihr hättet Freundinnen sein können, ihr zwei.
Ja, nuschele ich und spüre, wie ich rot werde.
Elena schaut mich an. Ist in Ordnung, dein Vater ist schwierig, das ist nicht deine Schuld. Er war schon als Kind so.
Sie lächelt mich an und ich lächele höflich zurück.
Du hast die Zukunft vor dir. Ich nicht mehr. Aber das ist in Ordnung. Ich habe das Leben gelebt, das ich gewählt habe.

Ist das wirklich das Leben, das du gewählt hast?, frage ich mich.

Ich schaue Elena an.
Ihre Wohnung ist traurig. Ihr Mann ist traurig. Sie ist krank. Wählt man sein Leben?
Vielleicht fächert es sich zufällig auf, wie eine Hand voll Karten. Einmal wählen, dann geht's los, und zwischendurch ein paarmal mischen.

Elena unterbricht meine Gedanken.
Du bist nicht hier, um dir mein Rumgewettere anzuhören. Du bist wegen Eva Ackermann hier. Nicht wahr?
Ja.
Okay. Mach mal bitte die Jalousie runter, es ist zu sonnig, und schenk uns Pfirsichtee ein.

Ich gieße den kalten Tee in zwei blaue Gläser.
Dein Vater war das Lieblingskind meiner Eltern, beginnt sie. Er war der Begabte. Der Intelligente.

Ich weiß nicht, was ich sagen soll. Ich bin nicht besonders scharf auf ihre Gehässigkeiten über meinen Vater.

Dein Vater ist kein einfacher Mensch, wiederholt sie und lächelt. Aber er hat großes Talent. Also versuchen wir, ihm zu verzeihen.
Wir lachen beide.
Du weißt doch, dass ich ihm das Leben gerettet habe?

Ich nicke. Ja. Ich weiß.
Und trotzdem ist er immer wütend auf mich …
Er ist nicht wütend.
Oh doch, das ist er, sagt sie angespannt. Er ist sehr wütend. Willst du wissen, was an dem Tag geschah, als ich ihm das Leben gerettet habe?

Nein, will ich nicht. Ich möchte nur was über Eva hören. Aber das kann ich ihr nicht sagen.

Ich glaube, ich kenne die Geschichte, murmele ich stattdessen.
Nein, kennst du nicht. Du kennst die Version deines Vaters. Nicht meine.
Elena wurde nach ihrer Ankunft in Israel Krankenschwester.
Sie zogen nach Ma'ale Hahamisha.
Im Januar 1948, gleich zu Beginn des Israelischen Unabhängigkeitskrieges, wurde mein Vater in einem Konvoi von einer arabischen Armeeeinheit aus dem Hinterhalt überfallen. Er erlitt Schüsse in den linken Lungenflügel und in den Rücken zwischen zwei Wirbel. Achtzehn war er damals.
Er fiel ins Koma und wurde schnell für tot erklärt. Man brachte ihn in die Leichenhalle des Krankenhauses, ein Schild mit seinem Namen war an seinem Körper befestigt.
Eine Krankenschwester, die Elena kannte, kam zu ihr gerannt. Dein Bruder ist erschossen worden, sagte sie. Er wird gleich begraben.

Elena kam, so schnell sie konnte. Sie sah, wie sich fast unmerklich der Daumen meines Vaters bewegte, und schaffte es, ihn auf den OP-Tisch zu bekommen, ein Chirurg erklärte sich zu einer zweiten Operation bereit.

Ich habe das Licht gesehen, erzählte mir mein Vater einmal. Nach den Schüssen hatte ich das Gefühl, aus einem engen Raum gedrückt und in den Himmel getrieben zu werden. Weit unter mir sah ich meinen Körper. Ich hatte unerträgliche Schmerzen. Ich kam mehrmals zu Bewusstsein und sackte dann wieder weg.
Irgendwann war ich in einem Krankenwagen, umringt von Journalisten. Da fiel ich nochmals ins Koma und erwachte acht Tage später, im Krankenhaus.
Alle vier Stunden bekam ich Morphium. Nach einem Monat wurde ich entlassen und, noch überall verbunden, wieder an die Front geschickt.

Ich habe mein Grab gesehen, in Fels gehauen.
Es war noch ein paar Jahre da, bis es endgültig zerstört wurde.
Ich war zu jung, um die Bedeutung zu verstehen.
Ich verstehe sie immer noch nicht.

7

Der Viehwaggon, der am 4. März 1944 Moghilev-Podolski verließ, war mit roten Kreuzen übersät wie ein Gobelin. Er

stank nach Dreck und Urin, aber das störte niemanden; für die Freiheit war das ein kleiner Preis.
Von den fünfzehnhundert Kindern zwischen fünf und zwanzig Jahren war nur Vigos und Elenas Identität gefälscht.

Vor der Abfahrt wurden sie ihnen mitgeteilt: Sie hießen jetzt Eva und Solomon. Seien neunzehn beziehungsweise fünfzehn Jahre alt. Die Moldauische Grenzstadt Braila sei voller SS. Es werde eine Vernehmung geben.

Eva und Solomon.
Eva und Solomon.
Eva und Solomon.

Direkt vor dem Einsteigen nahm ein Arbeiter aus der Gießerei Elena zur Seite. Es ist etwas durcheinandergekommen, sagte er, leicht zögernd.
Was denn?
Eva Ackermann lebt. Sie wird mit euch im Zug sein.
Elena merkte, wie ihr die Farbe aus dem Gesicht wich.
Was soll ich tun?
Nichts, antwortete der Mann. Sie hat den Namen Miriam Schinsky bekommen. Das funktioniert, keine Sorge.

Aber Elena machte sich Sorgen.

Der Waggon fuhr an. Keines der Kinder sprach. Viele schliefen, manche weinten. Ein Junge erzählte einem anderen, er hätte das erste Mal seit zwei Jahren geträumt.

Vierundzwanzig Stunden vor der Grenze kam ein Junge zu ihnen, den Vigo und Elena kannten, und fing atemlos an zu sprechen.

Eva will nicht, dass du ihren Namen benutzt, sagte er ihnen. Sie weint deswegen die ganze Zeit. Ich weiß, was los ist, Eva hat mir alles erzählt. Wegen euch beiden werden wir alle sterben.

Wo ist Eva?, frage Elena mit zitternder Stimme. Ich will mit ihr reden.

Sie drängte sich durch die Masse von Kindern. Das Geheimnis hatte sich unterdessen im ganzen Waggon herumgesprochen. Da sind zwei illegale Kinder an Bord, und sie alle seien in Lebensgefahr.

Jemand zeigte Elena, wer Eva war. Selbst im Halbschatten konnte sie ihre Gesichtszüge gut erkennen. Große Augen, kräftige Brauen, kantige Wangenknochen; sie sah älter aus als neunzehn. Ihr Kopf war gegen die dreckige Waggonwand gelehnt und sie hielt mit der einen Hand die andere fest umklammert. Sie weinte nicht mehr, aber ihre Stimme zitterte beim Sprechen.

Ich habe nur noch meinen Namen, sagte Eva. Meine Eltern sind tot. Meine Schwester ist tot. Meine beiden Brüder sind tot. Meinen Namen gebe ich nicht auf, und ich will nicht, dass du ihn benutzt.

Elena schluckte. Nur bis zur Grenze, das ist alles. Danach bist du wieder Eva ... Ich verstehe, wie schlimm das für dich ist, aber – und hier versagte ihre Stimme –, aber wenn du es nicht tust, werden wir vielleicht alle sterben. Mein Bruder und ich auf jeden Fall.

Ich werde meinen Namen nicht aufgeben und du wirst ihn nicht benutzen, wiederholte Eva schrill.
Sie verschränkte stur die Arme und schaute in die Menge von Kindern, die sie jetzt umringte.
Er ist das Einzige, was ich noch zu verlieren habe, fügte sie hinzu, plötzlich ganz leise.

Ein junger Mann legte ihr den Arm um die Schultern. Das stimmt nicht, sagte er mit tröstender Stimme. Du hast dein ganzes Leben vor dir! Du bist auf dem Weg ins Gelobte Land! Dort wird alles anders, für dich, für uns alle!

Aber Eva wollte nichts davon wissen. Sie blieb sitzen, den Kopf an die Wand gelehnt.
Elena fing leise an zu weinen und legte die Hände vors Gesicht.
Vigo, der bis dahin geschwiegen hatte, ging zu ihr. Bitte weine nicht, sagte er. Bitte nicht. Ich werde mit ihr sprechen.
Er ging zu Eva und hockte sich neben sie.
Eva, sagte er mit so fester Stimme wie möglich, wir alle hier im Zug haben unsere Familien verloren, deswegen sind wir hier beisammen.

Ihr nicht! Sie schrie laut. Ihr habt noch Familie! Betrüger seid ihr, ihr beiden!
Ein paar andere Stimmen ertönten unisono. Betrüger! Ihr seid Betrüger!

Du musst tun, was der Mann im Ghetto gesagt hat, fuhr Vigo fort, ohne darauf zu achten, was um ihn herum geschah. Bitte lass meine Schwester deinen Namen benutzen. Nur bis zur Grenze. Danach wird kein Wort mehr darüber verloren.

Eva schüttelte energisch den Kopf.
Nein, sagte sie. Das tue ich nicht.

In diesem Fall werden wir alle sterben, erklärte Vigo düster.

Ein paar Stunden vor der Grenze schlug die Stimmung um. Ein paar der Älteren gingen zu Eva. Komm, Eva, du kriegst doch deinen Namen wieder! Du musst doch nur *hier* rufen, wenn sie Miriam aufrufen. Das schaffst du! Wir wissen, dass du es schaffst!
Eva schüttelte den Kopf. Ihr versteht das nicht. Keiner von euch versteht das.
An diesem Punkt war tatsächlich Eva diejenige, die nicht verstanden wurde.
Aber niemand sagte etwas.
Elena hatte mittlerweile aufgehört zu reden.
Es gab nichts mehr zu sagen.

In Braila befahl die SS ihnen allen auszusteigen. Man trieb sie zusammen und rief ihre Namen in alphabetischer Reihenfolge. Als Ackermann an die Reihe kam, rief Elena, Hier! Den Blick unbeirrt nach vorn gerichtet.

Als Schinsky an die Reihe kam, folgte ein langes Schweigen; der SS-Offizier wurde ungeduldig. *Also? Was ist hier los? Wo ist Miriam Schinsky?* Schweigen hing in der Luft und alle Augen waren auf Eva gerichtet. Nach einer gefühlten Ewigkeit antwortete sie schließlich kaum hörbar.

Hier.

Der SS-Offizier grummelte etwas und befahl ihnen, wieder einzusteigen. Als Vigo nach Elena suchte, strahlte sie und hielt Eva bei den Händen, aber die reagierte nicht. Ihr Blick blieb auf die großen roten Kreuze an der Wand geheftet.

Ich werde dich nie vergessen, murmelte Elena, bevor sie die Hände losließ.

Sie kamen nach Constanţa, einer Hafenstadt in Rumänien.
Dort wurden sie in mehrere Gruppen aufgeteilt.
Vigo und Elena bestiegen ein Schiff unter einer Rotkreuzflagge.
Sie staunten über die Weite des blauen Meeres.
Orangen schwammen im Wasser wie Ballons.

Sie hatten vergessen, wie Obst aussieht.

Sie sahen, wie Eva ein kleineres Boot bestieg und in See stach, Richtung Istanbul, genau wie sie.

Dann verloren sie sie aus den Augen.

Von den fünfzehnhundert Kindern erreichten nur hundertdreißig das Ufer. Die anderen wurden auf dem Weg nach Palästina durch Minen in die Luft gejagt.

8

Elena nimmt einen Schluck Tee und schaut mich an.
Die Geschichte endet nicht in Istanbul, sagt sie.

Ihre Stimme ist kratzig, kurzatmig.

Das kannst du mir ein andermal erzählen.
Nein, ich erzähle es dir jetzt. Gibst du mir eine Zigarette, sei so gut, ja? Da drüben liegt ein Päckchen, auf dem Küchentisch.
Ich zögere.

Los! Sie brüllt.

Ich komme mit einem zerknitterten Päckchen Parliament zurück.
Elena zündet sich eine an und schaut Richtung Fenster.

Heiß ist es heute, konstatiert sie. Ich bin froh, dass wir drin sind.
Ich nicke.

Sie dreht sich wieder um und ascht in den Aschenbecher.

Ich kam nach Jerusalem, habe Ezechiel geheiratet und wurde Schulkrankenschwester. Meist arbeitete ich mit den Jüngsten.

Eines Tages, dreißig Jahre später, kam eine orthodoxe Frau mit einem beigefarbenen Kopftuch zu mir, um mit mir über ihren Sohn zu sprechen. Sie machte sich Sorgen, weil Oded keinen Kontakt zu den anderen Kindern in seiner Gruppe fand. Jeden Tag kommt er weinend nach Hause, sagte sie. Ist er krank? Fehlt ihm etwas?
Während sie sprach, schaute mich die Frau die ganze Zeit komisch an, auf eine mir unangenehme Art und Weise. Ich merkte, dass es ihre Augen waren. Ich hatte sie schon einmal irgendwo gesehen, wusste aber nicht mehr, wo.
Ich gab der Frau Ratschläge, wie sie mit ihrem Kind umgehen solle, was sie tun könne, damit war das Gespräch beendet.

Eine Woche später kam die Frau wieder und sagte, sie würde keine Verbesserung bei ihrem Kind bemerken. Während sie sprach, hatte ich wieder das Gefühl, die Frau schon einmal irgendwo gesehen zu haben. Ich gab erneut Ratschläge, und als sie wegging, drehte sie sich plötzlich um und schaute mich unschlüssig an.

Gibt es noch etwas?, fragte ich.
Die Frau schüttelte den Kopf und ging.

Zwei Wochen vergingen und sie kam noch einmal. Dieses Mal wusste ich nicht mehr, was ich sagen sollte. Oded schien bei bester Gesundheit, und ich fand nicht, dass er besonders unglücklich war: Er schien sich mit den anderen Kindern wunderbar zu verstehen.
Die Frau senkte ihren Blick, dann schaute sie mich wieder an.
Frau May, sagte sie mit zitternder Stimme. Sie wissen nichts über mich, aber ich weiß alles über Sie. Ich bin nicht wegen meines Sohnes hier. Ihm geht es gut. Ich bin hier, weil ich Ihnen seit über dreißig Jahren nachspüre. Ich weiß, wo Sie wohnen, wen Sie geheiratet haben, wie Ihre Kinder heißen. Ich weiß, in welche Synagoge Sie gehen, wo Sie ihr Brot kaufen, wo Sie Ihr Haar machen lassen. Ich kenne Sie, seit Sie als junges Mädchen mit Ihrem Bruder in jenem Viehwaggon standen …

Ich schaute sie an. Die großen Augen, die starken Brauen, die kantigen Wangenknochen.
Eva Ackermann.

Mir wurde schwindlig. Ich suchte an einem Tisch Halt und warf dabei ein paar Buntstifte hinunter.

Was ich Ihnen damals angetan habe, das tut mir leid, sagte Eva. Ich wollte es Ihnen schon lange sagen und … ich konnte nicht.
Ist schon gut, antwortete ich und versuchte, das Zittern in meiner Stimme unter Kontrolle zu bringen. Wir sind jetzt beide hier, gesund und munter.
Ja, das sind wir, murmelte Eva.
Es tut mir leid, wiederholte sie.

Eva verließ schweigend den Raum und schloss die Tür hinter sich.
Ich kniete mich hin und hob die Buntstifte auf, einen nach dem anderen.

Ich habe Eva und Oded seitdem nie wiedergesehen. Als ich mich nach ihrem Verbleib erkundigte, wurde mir gesagt, dass die Familie in eine Siedlung nahe der libanesischen Grenze gezogen sei.

X

1

Ich rufe Ilan an. Er sagt mir, dass er viel zu tun hat.
Ich ruf dich in ein paar Tagen an, verspricht er.
Er wird nicht anrufen. Das weiß ich.
Nach dem Auflegen breche ich in Tränen aus.
Weiß er, was ich für ihn empfinde?
Ich habe noch nie zuvor geliebt.
Es tut weh.

2

Die Gardinen in Savtas Wohnung sind aus billiger weißer Spitze. Aus ihrem Fenster sieht man Schikun Chabad, triste Gebäude aus den 1950ern, in denen ein Großteil der orthodoxen Gemeinde lebt.
Zusammen mit meiner Mutter, die vor der Ankunft bei ihrer Mutter immer ziemlich hibbelig ist, fahren wir mit dem Bus zu Savta.
Verstehen sie sich gut? Sie nehmen einander als gegeben hin, Mutter und Tochter, eher in stillschweigender Anerkennung denn im Verständnis für ihre jeweiligen Leben.

Als freigeistiges Kind hatte meine Mutter sich oft gefragt, ob ihre Eltern wirklich ihre Eltern waren. Wie sonst war

ihre Liebe zu Büchern zu erklären? Ihre Neugier auf die Welt? Wie kam es, dass sie so anders war als ihre Eltern?
Also las meine Mutter heimlich; ihre Eltern hätten es nicht gutgeheißen.
Geschichten über sitzen gelassene Liebhaber und eroberte Länder. Viktorianische und edwardianische Romane, wo Liebe und Glück siegen.
Das war die Welt, in die sie gehörte.
Mit siebzehn brach meine Mutter aus. Sie ging von zu Hause weg und kam nie zurück.
An die Stelle der Bitterkeit zwischen Savta und ihr trat schließlich ein Mindestmaß an zivilem Umgang miteinander.
Meine Mutter hatte ja letztendlich geheiratet. Und sie hatte Kinder.

Als der erste Gedichtband meiner Mutter erschien, hielt Savta das Buch in den Händen.
Das Buch ihrer Tochter.
Die Worte darin konnte sie nicht lesen.
Also küsste sie den Einband.

3

Bei den vielen Begrüßungsküssen quetscht uns Savta ihre Nase gegen die Wangen. Ihre Lippen sind nass.
Wie geht es euch?, fragt sie mehrmals.
Gut. Es geht uns gut. Und dir Savta, wie geht es dir?

Sie wirft die Arme in die Höhe. Ganz gut, *wat soll man machn …?*
Wir setzen uns um ihren Tisch. Kohlrouladen und Krautsalat, Schnitzel und Käseplinsen.
Hast du schon einen netten jungen Mann kennengelernt?, fragt mich Savta mit einem Augenzwinkern.
Sie ist sechzehn, sagt meine Mutter zu ihr.
Und? Ich habe mit siebzehn geheiratet.
Ich habe einen Freund, erzähle ich Savta, wobei Noga mich missbilligend anschaut.
Du hast dauernd Freunde …
Halt den Mund, zische ich.
Ist er Jude?, fragt Savta.
Er heißt Matthieu und ist ein Punk, sagt Noga zu Savta.
Ein *wat*?
Egal, murmele ich. Er ist übrigens nicht mehr mein Freund, sage ich schnippisch zu Noga. Ich bin mit Pierre zusammen, nicht mit Matthieu.
(Das stimmt nicht ganz. Ich mag Pierre, aber er weiß nichts davon.)

Savta wischt sich mit einer Papierserviette den Mundwinkel ab. Der nächste Junge, erklärt sie, wird ein netter jüdischer Junge sein. Vielleicht sogar ein Ehemann, *baruch Haschem*.
Sie ist sechzehn, fängt meine Mutter wieder an.
Bald wird sie siebzehn, witzelt Savta.

Ich denke an Pierre. Er ist sehr groß, hat dunkles Haar und grüne Augen. Die Frauen umschwärmen ihn, kichernd und flüsternd reden sie über ihn.
Vor einem Monat haben wir zusammen auf einer Party einen Joint geraucht. Ich in einer engen weißen Bluse, Minirock und hochhackigen Pumps. Meine Augen waren mit schwarzem Kajal umrandet, die Lippen knallrot.

Wo gehst du in diesem Aufzug hin?, fragte mein Vater und hob den Blick von dem Buch, das er gerade las.
In was für einem Aufzug?
Das weißt du ganz genau.
Zu einer Party, antwortete ich, bevor ich aus der Tür rannte und sie hinter mir zuwarf.
Die Party war in der Rue de la Pompe im 16. Arrondissement. Eine riesige Wohnung mit beeindruckenden Gemälden und Perserteppichen in jedem Zimmer. Zwei in Weiß gekleidete Kellner servierten hinter einer Bar die Getränke. Unsere Gastgeberin Cecile trug ein durchsichtiges schwarzes Kleid. Ihr langes blondes Haar fiel ihr in geübter Nonchalance auf die Schultern. Diamant-Ohrringe glänzten in ihren Ohrläppchen. Die Männer schauten Cecile an, weil sie schön war. Sie sprach langsam mit tiefer Stimme, und wenn sie lachte, strahlten ihre Zähne.
Dann erschien irgendwann Pierre. Er küsste mich auf beide Wangen. Als er Cecile sah, legte er den Arm um ihre Taille und ich spürte einen Stich von Eifersucht.
Pierre und ich tanzten zu Elvis Costello und Les Rita Mitsouko. Unsere Hände berührten sich einige Male. Seine

Fingerspitzen fühlten sich warm an. Sophie kam auf uns zu und tanzte dann neben mir. Pierre ist wirklich süß, sagte sie ein wenig zu laut.
Ich sagte nichts dazu. Sophie schien leicht betrunken und schwankte beim Tanzen ein wenig. Sie hatte sich die Haare kurz geschnitten und war zu dick geschminkt. Als nach der Party ein paar von uns zurück zur Metrostation Trocadero liefen, fragte mich Pierre nach meiner Telefonnummer. Sophie zog mich zur Seite und flüsterte mir hinter vorgehaltener Hand ins Ohr. Ich roch den Alkohol in ihrem Atem.
Gib sie ihm nicht, flüsterte sie. Lass ihn warten.
Warum?, fragte ich. Ich mag ihn.
Er soll dir ruhig hinterherrennen, erwiderte sie. Dann wird er dich noch mehr mögen.
Pierre hat mich nicht noch einmal nach meiner Nummer gefragt und rannte stattdessen Sophie hinterher.
Seitdem rede ich nicht mehr mit ihr. Und habe es auch nicht vor.

Nimm noch Schnitzel, das ist gut für ein heranwachsendes Mädele, sagt Savta.
Ich bin schon erwachsen, erwidere ich.

4

Nach der Befreiung des Lagers von Moghilev steckte Pepi zwischen der vorrückenden russischen Armee und den sich auf dem Rückzug befindenden Deutschen fest.

Sie flüchtete aus der Ukraine nach Rumänien, mit einer Kugel im Bein.
Sie lief Hunderte von Kilometern, bis sie die Hauptstadt erreichte, wo ihr Bruder, der dort überlebt hatte, sich um sie kümmerte.

Sie blieb in Bukarest. Verbrachte viele Tage im Büro des Roten Kreuzes, wo sie mit Hunderten anderer verzweifelt auf Nachrichten über ihre Kinder wartete.

Lebten sie?
Es gab alarmierende Berichte über Schiffe, die vor der Ankunft in Palästina durch Minen in die Luft gejagt worden waren.
Über Züge, die vor der Grenze angehalten und durchsucht worden waren.

Schlaflose Tage und Nächte, das Schlimmste vermutend.
Tot.
Am Leben.
Tot.
Am Leben.
Nein.
Ja.

Und dann eines Tages, ein Brief.
Sie waren am Leben, in Jerusalem.

Es würde vierzehn Jahre dauern, bevor das kommunistische Rumänien Pepi erlaubte, das Land zu verlassen und zu ihrer Familie zu stoßen.

Diese Jahre mussten gefüllt werden.
Schnell.

Sie entschloss sich, Kosmetikerin zu werden. Sie hatte das gewisse Etwas. Und gute Hände.
Schlanke, weiße Finger, die nichts über ihre dunklere Vergangenheit verrieten. Dreck, Schlamm, Fäulnis um sie herum.
Sie hatte den Tod gerochen und berührt, wie all die anderen. Aber ihre Hände waren verschont geblieben.

Pepi beschloss, sich in der Welt von Cremes und Tinkturen, Schminke und Gels zu verlieren. Sie empfand das als wirksam, um die schmerzhaften Gedanken an ihre Kinder auszublenden.

Ich sehe sie.
Ihre weichen, grauen Locken. Ihre braunen Augen, zerbrochene Spiegel des Schmerzes.
Ihr Lächeln. Vorsichtig.
Sicher ist sicher.

Sie hantiert in ihrem Salon herum, mischt Tinkturen aus verschiedenen Zutaten.
Bienenwachs. Lanolin. Kakaobutter. Mandelöl.
Sie trägt sie vorsichtig auf. In kreisenden Bewegungen auf

Wangenknochen und Stirn, Wangen und Kinn, Lider und Schläfen.
Bald hat sie einen Namen.
Diese Cremes sind wunderbar, Frau Feldmann. Was ist ihr Geheimnis?

Pepi hat zu diesem Zeitpunkt Jean Feldmann, einen rumänischen Fotografen, kennengelernt und geheiratet.
Sie ziehen in eine kleine Wohnung.
Ich stelle sie mir vor, klein und vermieft. Sie streiten darüber, ob sie lüften.

Wir brauchen ein bisschen frische Luft, sagt Jean zu Pepi. Es stinkt hier.
Mir ist kalt, antwortet Pepi.

Dir ist immer kalt, seufzt Jean.

Pepi kocht für Jean. Rezepte aus Czernowitz. Schwarze Bohnensuppe und *Schleimsuppe*. Schnitzel und Kartoffelpuffer.
Manchmal gehen sie abends essen.
Öfter aber bleiben sie zu Hause.

Ich sehe Pepi morgens in ihren Salon gehen. Mit ihren zierlichen Perlenohrringen und rotem Lippenstift. Sie trägt eine Lederhandtasche und manchmal, wenn die Sonne scheint, einen Strohhut. Sie hat um die Hüften und den Bauch ein wenig zugenommen.

Sie liebt Jean nicht auf die Art, wie sie Karl geliebt hat. Aber das macht nichts, wirklich. Am Leben zu sein, ist mehr, als sie erwartet hätte.

Sie geht langsam, ihre Gedanken tragen sie über die Straßen von Bukarest hinaus, über das Mittelmeer hinweg, wo ihre Kinder leben.

Bald wird sie bei ihnen sein.
Bald.

5

1957 bekam Pepi die Erlaubnis, aus Bukarest auszureisen, mit nichts als einem kleinen Koffer ihrer Habe.
Sie bestieg den Zug nach Wien.
Nach der Ankunft hielt sie auf dem Bahnsteig Ausschau nach Vigo.
Der hatte zunächst Schwierigkeiten, sie zu finden.
Dann rief eine Frau, viel zerbrechlicher und kleiner, als er sie in Erinnerung hatte, seinen Namen.
Vigo!
Ihr Schrei, so schrill wie das Pfeifen des Zugs.
Er rannte zu ihr, und sie drückte ihn fest an ihren Busen.
Fest. Warm. Kräftig.
Sie gab ihm ein gebratenes Huhn, das sie in einer Plastiktüte mitgebracht hatte.
Für dich, sagte sie.

Am nächsten Tag ging Vigo mit ihr in ein Konzert im Musikverein. Sie konnte sich nicht auf die Musik konzentrieren. Es war zu viel.

Später erzählte er ihr in einem Restaurant von seinem Leben. Er lebte in Paris. Er war ein berühmter Maler geworden. Er hatte Freunde, von denen sie noch nie gehört hatte. Giacometti, Beckett, Raymond Queneau.

Er war nicht verheiratet, hatte aber Freundinnen, hier und da. In Israel war er zu einer Art Legende geworden. Er hatte Freunde in hohen Positionen.
Ich fahre wieder nach Paris, aber ich komme dich in Jerusalem besuchen, sagte er. Ich habe an den Präsidenten geschrieben, er ist ein Freund von mir. Er wird sicherstellen, dass man sich gut um dich kümmert.

Sie fand selbst eine Wohnung in Jerusalem.
Im folgenden Jahr konnte Jean zu ihr stoßen.
Sie eröffnete einen Schönheitssalon, genauso einen wie in Bukarest.

Aber die Traurigkeit wich Pepi nicht von der Seite. Sie war ein Teil von ihr geworden, so wie ein Kleidersaum, der langsam durchscheuert.

Jean starb. Bald wurde Pepi krank und brauchte Pflege. Elena beschloss, sie in ein Pflegeheim in Haifa zu geben, in eines, das Pepis Bruder Dori errichtet hatte. Wir besuchten

sie dort einige Male. Sie trug dasselbe braun-weiß gepunktete Kleid und weinte, wenn sie uns sah.
Jedes Mal.

XI

I

Meine Mutter und mein Vater haben sich 1959 kennengelernt. Meine Mutter hatte durch ihren Freund Gershon, einen Philosophen, der am Trinity College in Dublin lehrte, von ihm gehört.
Der Mann ist ein bisschen merkwürdig und hat kein Telefon, erzählte Gershon. Aber schreib ihm doch und sag, dass du auf der Durchreise in Paris sein wirst. Vielleicht versteht ihr euch.

Sie schrieb, dass sie nach Abschluss ihres Studiums am Sarah Lawrence College in New York gerade hier angekommen sei. Sie sei auf dem Weg nach Jerusalem, würde aber ein paar Tage in Paris sein, wo sie sich mit ihrer Freundin Marcia ein Hotelzimmer teile.

Ich mochte ihre Handschrift vom ersten Moment an, sagte mein Vater. Aufgrund der Form ihrer Buchstaben nahm ich an, sie sei Dichterin. Und als ich sie kennenlernte, mochte ich alles an ihr.

Sie trafen sich im Café Cluny auf dem Boulevard Saint-Germain. An einem warmen Junitag.
Meine Mutter trug ein königsblaues Kleid mit einem leuch-

tend smaragdfarbenen Gürtel und passenden blauen Schuhen. Sie kam ein wenig zu spät, da sie noch beim Friseur gewesen war, der ihr dickes schwarzes Haar zu einem Knoten gebunden hatte.

Sie musste nicht den Raum absuchen, bis sie meinen Vater fand; sie erkannte ihn sofort. Drahtiges Haar, runde Brille, filterlose Zigaretten. Er wirkte nervös und hibbelig, als sie an seinen Tisch kam.

Er konnte nicht gut Englisch, aber sie schafften es trotzdem, sich zu unterhalten.
Wenn du sagen müsstest, was dir am Wichtigsten ist, was wäre es?, fragte mein Vater.

Musik, die Bibel und Gedichte, antwortete meine Mutter nach einer kurzen Pause.

Und Kunst? Was ist mit Kunst?
Ja, ja, Kunst. Natürlich.

Sie wusste weit weniger über Kunst, als sie vorgab. Würde er ihr das übel nehmen?
Dann sprachen sie über Gedichte. Er rezitierte ein Rilke-Gedicht auf Deutsch.
Sie rezitierte einen Psalm auf Hebräisch.
Du sprichst Hebräisch mit amerikanischem Akzent, sagte er.

Das magst du nicht, oder?
Nein, antwortete er, der Blick seiner blauen Augen bohrte sich in ihre.

Sie konnte nichts dagegen tun. Ihr Akzent war durch ihre Vergangenheit geformt:
Ihre Mutter und ihren Vater.
Ihre Lehrer in Brooklyn.
Die Straßen von Manhattan.

Das Leben meines Vaters war durch die Gegenwart definiert. Er tat seine Vergangenheit mit einer Handbewegung ab, als sie ihn fragte.
Sprechen wir besser nicht über unsere Familien, sagte er. Lass uns stattdessen lieber noch ein paar Gedichte rezitieren.
Das taten sie.

Später am Abend gingen sie ins Lipp, eine Brasserie auf dem Boulevard Saint-Germain.
Mein Vater kannte viele, die dort auf der Terrasse saßen.

Er stellte meine Mutter vor. Anne, aus New York.
Sie schüttelte viele Hände und lächelte mechanisch. Einige Leute fragten sie etwas, was sie nicht verstand. Ich spreche kein Französisch, sagte sie schüchtern.

Das war ein wichtiges Treffen, erzählte sie Marcia danach.

Bleib doch in Paris, schlug Marcia vor. Lern ihn besser kennen.

Meine Mutter zog in ein *chambre de bonne* auf dem Boulevard Malesherbes im 17. Arrondissement.
Es gab dort kein Badezimmer, deswegen benutzte sie die Waschräume des American-Express-Büros in der nahegelegenen Avenue de l'Opera.

Tagsüber unterrichtete sie Englisch an der Berlitz-Sprachschule.

Abends traf sie sich mit meinem Vater.

Nach ein paar Monaten zog sie zu ihm ins Atelier in der Villa d'Alesia im 14. Arrondissement.

Sie sprach kein Französisch. Sie konnte nicht kochen und kannte sich kaum aus in der Stadt.
Wenn mein Vater abends ausging, blieb sie zu Hause. Sie war noch nicht bereit für die Pariser *beau monde*, in der er in jener Zeit verkehrte. Freunde mit berühmten Namen und berühmten Gesichtern, die sturzbachartig Französisch und zaghaft Englisch sprachen.

Ich sehe meine Mutter, wie sie mit einem Buch in der Hand zusammengerollt auf dem Sofa in der Villa d'Alesia liegt und wartet, dass mein Vater nach Hause kommt.
Sie war oft allein.

Aber es machte ihr nichts aus.
Zumindest sagte sie das.

Sie nahm Französischunterricht an der Alliance Française. Langsam lernte sie die Sprache und damit auch, in das Leben meines Vaters einzutauchen.
Es war Lichtjahre entfernt von der Welt, die sie kannte.

Sie heirateten 1961, in Manhattan.
Eine traditionelle jüdische Hochzeit, bei der nur die Familie meiner Mutter zugegen war.
Mein Vater lud keinen seiner Freunde ein.

Zu viele Unterschiede, die man hätte beachten müssen.

2

Anna ruft an.
Sie ist in Paris und lebt mit ihrem neuen Freund zusammen, einem Filmproduzenten.
Komm, lass uns treffen, sagt sie.
Ich kann es kaum erwarten.
Place Saint-Sulpice, vier Uhr. Das Café neben der Kirche.
Ich ziehe mich dreimal um, bevor ich mich für eine enge Jeans, meine Cowboystiefel und ein Oberteil entscheide, bei dem man die Akne auf meiner Brust nicht sieht. Ich mache ein Make-up aufs Gesicht, das die Pickel abdeckt.
Egal, dass das Make-up dunkler ist als mein Hals.

Und dass ich die Mascara so fett auftrage, dass die Wimpern zusammenkleben.

Ich springe in den 83er.
Ich sitze einem Mann gegenüber, der mich neugierig anschaut. Ich drehe mich weg, starre auf die Rue D'Assas und die Horden von Studenten, die rauchend auf dem Gehweg stehen.
Als ich gerade aussteigen will, fragt mich der Mann, ob ich schon mal als Model gearbeitet hätte.
Ich lache. Als Model? Ich? Nein. Überhaupt nicht.
Sie sollten mal darüber nachdenken. Ich arbeite als Fotograf für *Jardin des Modes*, ein Modemagazin. Kennen Sie es?
Ja.
Aber ich tu so, als ob nicht.
Schlechte Angewohnheit von mir.
Er gibt mir seine Karte. Rufen Sie mich an, sagt er. Wenn Sie mit Ihren Eltern gesprochen haben, fügt er hinzu.

Model.
Model!

Ich renne zum Place Saint-Sulpice. Ich sitze im Café de la Mairie und hole eine Zigarette raus.
Ich warte auf Anna.
Ich rauche, eine Zigarette nach der anderen.

Sie kommt nicht.

Ich fummele mit der Karte des Fotografen herum. Dann knülle ich sie in einen Aschenbecher, stehe schnell auf und gehe.

3

Ich schließe mich drei Tage in meinem Zimmer ein, mit dem Roman *Die Schöne des Herrn*, Albert Cohens tausendseitigem Opus magnum. Es spielt in Genf, eine Liebesgeschichte zwischen Ariane und Solal, einem schönen Paar, dessen Leidenschaft, angesiedelt vor dem Hintergrund des Krieges, tragisch endet.

Meine Mutter ruft mich zum Abendessen.
Ich hab keinen Hunger, sage ich. Ich bin grad an einer wichtigen Stelle.
Du hast schon kein Mittag gegessen …
Später, Mami, später.

Ich bin gefesselt. Ich bin Ariane und Solal ist Ilan.

Ich tauche in ihre Welt ein. Genf, 1936. Ihr Haus, ihr Bett, ihre Gedanken, ihre Berührung.
Ich lecke die Worte mit meiner Zunge und spüre sie an meinem Gaumen zergehen.
Ich sehne mich, zu sein wie sie.
Ich sehne mich, sie zu kennen.
Meine Wirklichkeit wird in ihre Welt versetzt.

Ich stehe ihnen gegenüber und bin eine unsichtbare Zeugin ihrer glühenden Leidenschaft.

4

Ich gehe jetzt mit Pierre. Er ist nicht mehr mit Sophie zusammen, die wohl untröstlich ist.
Aber es ist mir egal.

Pierre lebt mit seiner Mutter und seinem kleinen Bruder im 16. Arrondissement.
Immer wenn seine Mutter weg ist, schmeißt Pierre Partys. Riesenpartys mit Bohème-Typen, Schulfreunden und Fremden.
Wir drehen Joints und trinken Wodka-O. Wir tanzen bis frühmorgens, unsere Körper kleben aneinander. Bei Tagesanbruch fahren wir zum Place des Abbesses und kaufen dort beim Bäcker Croissants. Wir essen sie vor der Sacré Cœur, Paris erstreckt sich zu unseren Füßen, während langsam und pink vor unseren Augen die Sonne aufgeht.
Bei Pierres letzter Party nimmt ein Amerikaner meine Hand und betrachtet die Handfläche. Er ist perplex. Du hast keine Lebenslinie, sagt er.
Was bedeutet das?
Ich weiß nicht genau. Kann gut sein. Kann auch schlecht sein.

Bis heute frage ich mich das.

5

Meine Noten werden besser. Aber die Atmosphäre zu Hause nicht.
Mein Vater brüllt.
Ich brülle zurück.
Er schreit.
Ich schreie zurück.

Zu Hause gibt es keine Grenzen. Weder bei ihm noch bei mir.

In diesem Sommer lädt mich Pierre in sein Sommerhaus an die Corrèze ein. Ein großes Haus mit Swimmingpool und Garten. Eine Hausangestellte in Dienstkleidung serviert uns das Essen.
Himmel der Bourgeoisie.
Ich bin glücklich, weg von meiner Familie. Wir schlafen in getrennten Zimmern und Pierre schleicht sich abends zu mir. Wir küssen und fummeln, aber ich lass ihn nicht ganz ran.
Noch nicht.
Ich warte, sagt er. Aber nicht lange.

Eines Nachmittags klingelt das Telefon.
Dein Vater ist dran, sagt mir Pierres Mutter.
Ich stöhne. Um Himmels Willen, warum der, sage ich zu Pierre.
Ich greife grob zum Hörer.

Was ist?, blaffe ich.
Seine Stimme klingt anders. Leiser. Langsamer.
Meine Mutter ist heute früh gestorben, sagt er. Sie wird in Jerusalem beerdigt.

Er legt auf.

Ich halte den Hörer lange umklammert.
Das tut mir leid, flüstere ich.

In der Ferne höre ich einen Hund bellen. Zeternde Stimmen nebenan, die mich rufen.
À table! Le dejeuner est servi!
Geklapper von Tellern und Besteck. Eine Frau, die melodiös lacht.
Pierres Mutter.

Alba ist ein schönes Mädchen …
Pepi in ihrem gepunkteten Kleid.
Das Pflegeheim auf den Hügeln von Haifa.
Sie lächelt mich an. Ein strahlendes sanftes Lächeln.
Sie sitzt auf einem Schaukelstuhl.
Vor und zurück.
Zurück.
Und vor.

6

Ich habe beschlossen, von zu Hause wegzugehen.
Ich werde das letzte Schuljahr bei einer Familie in Amerika verbringen. Es sind Verwandte einer älteren Freundin meiner Mutter, in Manhattan.
Es ist eine überstürzte Entscheidung, aber eine, die gerade sinnvoll scheint.
Ich werde euch schreiben.
Ich werde anrufen.
Ich werde versuchen, ein besserer Mensch zu werden.

Ich bin noch jung. Siebzehn.
Jung und wütend.

Zeit zu gehen.

7

Liebe Anna,
wir haben uns nie kennengelernt, weil es dich nicht gibt. Du existierst nur in meiner Fantasie, bist mein exotisches Gegenstück. Ein projizierter Funke Normalität in meinem Leben.
Ich dachte, dass ich durch die Vorstellung von dir vielleicht ein wenig werden könnte wie du, dass ich mich dir ein wenig angleichen könnte.
Dass meine vermeintliche Verbindung zu dir mich mögli-

cherweise interessanter macht in den Augen derer, die mich nicht interessant finden.
Aber das ist nicht geschehen.
Meine Familie wird nie normal sein. Ich werde nie du sein.
Kein Märchen wird mich ändern.
Das Leben wird es tun.
Vielleicht gibt es jemanden wie dich, irgendwo auf der Welt. Ich hoffe es. Ich habe dich gemocht.

Auf Wiedersehen, du Fantasie-Cousine!

Josi habe ich nie kennengelernt, auch nicht seine Frau. Sie leben in Brasilien, aber niemand von uns weiß, wo. Pepi sagte mal etwas von São Paulo. Aber sogar sie hat den Kontakt zu den Korns verloren.
Die Vorstellung von Anna wird von einer solideren Wirklichkeit ersetzt, die mein Leben zunehmend prägt. Fantasie ist jetzt weniger eine Flucht als ein kreatives Bedürfnis.

Genau wie bei meinem Vater.
Und bei meiner Mutter.

8

Noga weint, als ich gehe.
Ich möchte hier nicht ohne dich leben, sagt sie.
Auch meine Mutter weint.

Mein Vater sieht verzweifelt aus.
Ich schlucke und behalte meine Tränen für mich.
Zu spät für einen Rückzieher.

Muss weiter.

Dank

Ich danke allen, die geholfen haben, das Buch zur Welt zu bringen.
Meinem Vater für seine Erinnerungen.
Meiner Mutter und Schwester, dass sie einverstanden waren, über sich in einem Buch zu lesen.
Geordie Greig, der 2004 eine erste Version als Artikel im *Tatler* veröffentlichte.
Yaacov Atik für die Familiengeschichte.
Janine di Giovanni für ihre Loyalität und Großzügigkeit und dafür, dass sie mich zum Fertigschreiben gedrängt hat.
Fatima Bhutto, durch deren Begeisterung das Buch in den Medien erwähnt wurde, noch bevor es gedruckt war.
Nina Choa für die Redaktion des ersten Entwurfs.
Charlie Glass für seine unschätzbare Beratung.
Gael Camu für ihre wunderbare Freundschaft und Unterstützung.
Besonderer Dank gilt Anna Webber, meiner Agentin, für ihren unerschütterlichen Glauben an das Buch, der sie nicht aufgeben ließ.
Meinen Kindern, Ascanio und Arianna, die meine Höhen und Tiefen ertragen und eine riesige Inspirationsquelle sind.
Meinem Mann Tom Smail. Für sein einzigartiges redaktionelles Können, seine Geduld und Ermutigung. Für die Liebe, die Freude, die Musik.

Dank auch an das Palace Court, Moscow Road, das Café La Palette, den Place de Port-Royal, den Jardin du Luxembourg, das Café Marigny, die Ecke Boulevard de Port-Royal und Rue Saint-Jaques, die Kastanienbäume auf dem Boulevard Arago, die Altstadt von Jerusalem, die Windmühle in Yemin Moshe und all die Gehwege und Plätze, auf denen noch Erinnerungen weilen.

Abbildungen

Seite 10: *Anne im Profil*, 1973, Avigdor Arikha.
Aquatinta (Aussprengtechnik)
auf handgeschöpftem Hadernpapier

Seite 90: *Spiegel mit Selbstportrait und Druckpresse*, 1971,
Selbstporträt von Avigdor Arikha. Radierung

Seite 178 / 179: *Alba und Noga*, 1989.
Bleistift auf Japanpapier